나는 소망합니다, 헨리 나우웬

나는 소망합니다.
　상대가 나에게 베푸는 사랑이
　내가 그에게 베푸는 사랑의 기준이 되지 않기를.
나는 소망합니다. 모두가 나를 있는 모습 그대로 받아주기를.
　그러나 나 자신만은 그렇지 않기를.


다른 사람을 생각하라, 팔레스타인 지지 프로젝트

집으로, 당신 집으로 돌아갈 때 다른 사람을 생각하라.
(난민 캠프에 있는 사람을 잊지 말라)
멀리 있는 사람들을 생각하듯 자기 자신을 생각하라.
(말해보라. "내가 어둠 속 한 자루 촛불이었다면?")

당신의 그림자 안에서 빛나게 하소서

# 당신의 그림자 안에서

# 빛나게 하소서

이문재 엮음

기도는 하늘에 올리는 시
시는 땅에 드리는 기도

**일러두기**

- 시집 제목은 라이너 쿤체의 시 「은銀엉겅퀴」 구절을 변형한 것입니다.

- 원작자 및 출처가 확인된 작품은 원작의 띄어쓰기 그대로를 따랐습니다.

- 이 책에 수록된 시들은 한국문학예술저작권협회, 한국음악저작권협회, 전태일 재단, 출판권을 가진 출판사, 저작권자와의 연락 등의 방법으로 재수록 이용 허가를 받았습니다. 저작권자를 찾지 못해 미처 허가를 받지 못하고 수록한 작품은 저작권 자가 확인되는 대로 추후 절차에 따라 진행하도록 하겠습니다.

- 몇몇 작품은 산문, 편지, 잠언 등을 편집해 담은 것입니다.

- 본문에서 도서는 『』, 개별 작품은 「」, 간행물과 음반은 《》, 기사와 노래는 〈〉로 표기했습니다.

- 해외 인명과 같은 외래어는 표준국어대사전과 문학동네의 표기법을 준용하되, 이미 널리 통용되어 굳어진 경우 그 표현을 따랐습니다.

# 목차

# 지혜를 구하는 기도

하느님, 우리에게 바꿀 수 없는 것을 받아들일 수 있는 평온을 주소서.

우리가 바꾸어야 할 것을 바꿀 수 있는 용기를 주소서.

무엇보다 저 둘을 구별할 수 있는 지혜를 우리에게 주소서.

라인홀드 니부어

# 나는 소망합니다

나는 소망합니다.

내가 누구를 대하든 그 사람에게 꼭 필요한 존재가 되기를.

나는 소망합니다. 타인의 죽음을 볼 때마다 내가 작아질 수 있기를.

그러나 나 자신의 죽음이 두려워 삶의 기쁨이 작아지는 일이 없기를.

나는 소망합니다. 내 마음에 드는 사람들에 대한 사랑 때문에

마음에 들지 않는 사람들에 대한 사랑이 줄어들지 않기를.

나는 소망합니다.

상대가 나에게 베푸는 사랑이

내가 그에게 베푸는 사랑의 기준이 되지 않기를.

나는 소망합니다. 모두가 나를 있는 모습 그대로 받아주기를.

그러나 나 자신만은 그렇지 않기를.

나는 소망합니다. 언제나 남들에게 용서를 구하며 살기를.

그러나 그들의 삶에는 나에게 용서를 구할 일이 없기를.

나는 소망합니다. 사랑하는 여자를 만나게 되기를.

그러나 그런 사람을 애써 찾아다니지는 않기를.

나는 소망합니다. 언제나 나의 한계를 인식하며 살기를.

그러나 그런 한계를 스스로 만들어 내지는 않기를.

나는 소망합니다. 사랑하는 삶이 언제나 나의 목표가 되기를.

그러나 사랑이 내 우상이 되지는 않기를.

나는 소망합니다. 모든 사람이 언제나 소망을 품고 살기를.

헨리 나우웬

# 그 꽃의 기도

오늘 아침 마악 피어났어요
내가 일어선 땅은 아주 조그만 땅
당신이 버리시고 버리신 땅

나에게 지평선을 주세요
나에게 산들바람을 주세요
나에게 눈 감은 별을 주세요

그믐 속 같은 지평선을
그믐 속 같은 산들바람을
그믐 속 같은 별을

내가 피어 있을 만큼만
내가 일어서 있을 만큼만
내가 눈 열어 부실 만큼만

내가 꿈꿀 만큼만

강은교

# 무엇을 조금 알면

조금 알면 오만해지고
조금 더 알면 질문하게 된다.
거기서 조금 더 알면 기도하게 된다.

라다크리슈난

# 은銀엉겅퀴

뒤로 물러서 있기
땅에 몸을 대고

남에게
그림자 드리우지 않기

남들의 그림자 속에서
빛나기

라이너 쿤체

# 마음을 다스리는 기도

위를 보고
아래를 보지 못하면
불만이 싹틀 것이요

아래를 보고
위를 보지 못하면
오만에 빠질 것이요

밖을 보고
안을 다스리지 못하면
고요를 찾기 어렵고

앞을 보고
뒤를 되새기지 못하면
지혜를 구하기 어려울 터

모름지기
주변을 돌아보고
마음을 다스린다 함은
현명한 자의 덕목이라

부디
살아가는 그날까지
이 말만은 기억하게 하소서

이채

# 저녁기도

내 기도를 들어주소서
나는 기립근이 약해 잘 무너집니다
나를 붙잡아 주소서
나는 가시뿐 아니라 꽃에도 약합니다
외로움에도 약하고 그리움에도 약합니다
세상 속에 사는 것에도 약하고
세상을 등지는 것에도 약합니다
당신이 알다시피 사랑에도 약하고
미움에도 뼈저리게 약합니다
말주변 없는 내 기도를 들어주소서
나는 저항하는 것에도 약하고
받아들이는 것에도 약합니다
축복에도 약하고 저주에도 약합니다
진실에도 거짓에도 약합니다
내 얼굴이 나에게 낯설지 않도록
생의 저녁 나와 함께하소서

내 심장은 혼자서도 이중창을 부릅니다

절망과 희망의,

용기와 두려움의 이부합창을

그러니 많은 해답을 가진 자를 멀리하고

상처 입은 치유자와 걸어가게 하소서

나는 혼자인 것에도 약하고 함께인 것에도 약합니다

손을 내미는 것에도 손을 거두는 것에도 약합니다

다시 한번 내 기도를 들어주소서

나는 시작에도 약하고 끝에는 더 약합니다

류시화

# 해질녘의 노래

아직은 문을 닫지 마셔요 햇빛이 반짝거려야 할 시간은 조금 더 남아 있구요 새들에게는 못다 부른 노래가 있다고 해요 저 궁창에는 내려야 할 소나기가 떠다니고요 우리의 발자국을 기다리는 길들이 저 멀리서 흘러오네요 저뭇한 창 밖을 보셔요 혹시 당신의 젊은 날들이 어린 아들이 되어 돌아오고 있을지 모르잖아요 이즈막 지치고 힘든 날들이었지만 아직은 열려 있을 문을 향해서 힘껏 뛰어오고 있을 거예요 잠시만 더 기다리세요 이제 되었다고 한 후에도 열은 더 세어보세요 그리고 제 발로 걸어들어온 것들은 아무것도 내쫓지 마셔요 어둠의 한자락까지 따라 들어온다 해도 문틈에 낀 그 옷자락을 찢지는 마셔요

나희덕

# 기도와 응답

"쫓기는 듯이 살고 있는
한심한 나를 살피소서.

늘 바쁜 걸음을
천천히 천천히 걷게 하시며

추녀 끝의 풍경 소리를
알아듣게 하시고
거미의 그물 짜는 마무리도
지켜보게 하소서.

꾹 다문 입술 위에
어린 날에 불렀던 동요를 얹어주시고

굳어 있는 얼굴에는
소슬바람에도 어우러지는

풀밭 같은 부드러움을 허락하소서.

책 한 구절이 좋아
한참 하늘을 우러르게 하시고

차 한 잔에도
혀의 오랜 사색을 허락하소서.
돌 틈에서 피어난
민들레꽃 한 송이에도 마음이 가게 하시고

기왓장의 이끼 한낱에서도
배움을 얻게 하소서."

기도를 마친 그에게
들려오는 소리가 있었다.

"그것들은 내 도움 없이도 할 수 있는 일이다.
네가 그리하면 나는 감사의 은혜를 주겠노라."

정채봉

# 인디언 추장의 기도시

바람 속에 당신의 목소리가 있고
당신의 숨결이 세상 만물에게 생명을 줍니다.
나는 당신의 많은 자식들 가운데
작고 힘없는 아이입니다.
내게 당신의 힘과 지혜를 주소서.

나로 하여금 아름다움 안에서 걷게 하시고
내 두 눈이 오래도록 석양을 바라볼 수 있게 하소서.
당신이 만든 물건들을 내 손이 존중하게 하시고
당신의 목소리를 들을 수 있도록 내 귀를 예민하게 하
소서.

당신이 내 부족 사람들에게 가르쳐 준 것들을
나 또한 알게 하시고
당신이 모든 나뭇잎, 모든 돌 틈에 감춰 둔 교훈들을
나 또한 배우게 하소서.

내 형제들보다 더 위대해지기 위해서가 아니라
가장 큰 적인 내 자신과 싸울 수 있도록
내게 힘을 주소서.
나로 하여금 깨끗한 손, 똑바른 눈으로
언제라도 당신에게 갈 수 있도록 준비시켜 주소서.

그래서 저 노을이 지듯이 내 목숨이 사라질 때
내 혼이 부끄럼없이
당신에게 갈 수 있게 하소서.

노란 종달새(수우족)

# 땅을 보고 기도하시오

하늘 보고 기도하지 마십시오.
그곳에 하느님 계시지 않았습니다.

하느님께서 하늘에 계신 줄 알고
하늘을 우러르며 기도했는데
하느님 그림자도 만나지 못했습니다.

땅을 보고 기도하십시오.
하느님은 땅을 쓸고 계셨습니다.
고개 들 힘조차 없어
땅으로만 꺼져가는 영혼 안아주시려고
땅에서 기다리고 계셨습니다.

처절하게
신음하고 있을 때
하느님께 안기는 영광을 얻었습니다.

땅으로 내려가십시오.

더 내려가십시오.

더 깊이……

작자 미상

# 씨앗의 기도

작은 떡잎 두 장밖에 없습니다.

나머지는 다 하느님께 맡기겠습니다.

제 떡잎 안에 하느님의 뜻이 한가득 들어 있다는 말씀,

봄 햇살에게 들었습니다.

천둥과 비바람의 말씀도 잘 듣겠습니다.

작은 실뿌리로 꼼꼼히 기록해 두겠습니다.

감사 편지는 땅속 어둠에다 쓰겠습니다.

두더지 발톱으로 쓰겠습니다.

지렁이 입술로 쓰겠습니다.

꽃과 이파리와 열매가 쓴 편지는

구름과 바람과 별빛에게 건네겠습니다.

벌레와 매미와 새들이 매일 읽어 드릴 겁니다.

가을 열매 속 싹눈에게는

꽃 편지지를 한 꾸러미 선물하겠습니다.

우편배달부에게 햇살의 길을 알려 주겠습니다.

이정록

# 키르케고르의 기도

우리의 기도가
오늘 피었다가
내일 아궁이에 던져지는
꽃과 같지 않게 해 주십시오.
비록 그 꽃의 아름다움이
솔로몬의 영광보다 클지라도
그런 꽃과 같지 않게 해 주십시오.

*

오 주님,
때로 주님이
저의 말과 불평과 탄식과 감사를
듣지 않으시는 것처럼 보일지라도,
저는 계속해서 주님께 기도하겠습니다.
주님이 저의 기도를 들어주셨기에

제가 주님께 드리는 감사기도를
주님이 들으실 때까지 계속 기도하겠습니다.


\*


하늘에 계신 아버지!
우리 마음속에
주님에 대한 생각이 일어날 때,
그것이 당황하여 갈팡질팡 나는 새처럼
일어나는 것이 아니라,
천국의 미소와 함께
잠에서 깨어나는 어린아이처럼
일어나게 해 주십시오.

키르케고르

# 오래된 기도

가만히 눈을 감기만 해도
기도하는 것이다.

왼손으로 오른손을 감싸기만 해도
맞잡은 두 손을 가슴 앞에 모으기만 해도
말없이 누군가의 이름을 불러주기만 해도
노을이 질 때 걸음을 멈추기만 해도
꽃 진 자리에서 지난 봄날을 떠올리기만 해도
기도하는 것이다.

음식을 오래 씹기만 해도
촛불 한 자루 밝혀놓기만 해도
솔숲 지나는 바람 소리에 귀기울이기만 해도
갓난아기와 눈을 맞추기만 해도
자동차를 타지 않고 걷기만 해도

섬과 섬 사이를 두 눈으로 이어주기만 해도
그믐달의 어두운 부분을 바라보기만 해도
우리는 기도하는 것이다.
바다에 다 와가는 저문 강의 발원지를 상상하기만 해도
별똥별의 앞쪽을 조금 더 주시하기만 해도
나는 결코 혼자가 아니라는 사실을 받아들이기만 해도
나의 죽음은 언제나 나의 삶과 동행하고 있다는
평범한 진리를 인정하기만 해도

기도하는 것이다.
고개 들어 하늘을 우러르며
숨을 천천히 들이마시기만 해도.

이문재

# 신년의 기도

나를 어제처럼 살게 하지 마시고
어제와 함께 살게 하소서
어제와 함께
내일의 걱정 대신
오늘 지금 여기에 집중하게 하소서

내게서 떠나는 것들이
조용히 문지방을 넘게 하시고
다가오는 것들을
가만히 받아 안게 하소서

어제도
오늘도
내일도
같은 무게로 살게 하소서

이순자

## 오늘을 위한 기도

기도로 마음을 여는 이들에게
신록의 숲이 되어 오시는 주님
제가 살아 있음으로 살아 있는
또 한 번의 새날을 맞아
오늘은 어떤 기도를 바쳐야 할까요?

제 작은 머릿속에 들어찬
수천 갈래의 생각들도
제 작은 가슴속에
풀잎처럼 돋아나는 느낌들도
오늘은 더욱 새롭고
제가 서 있는 이 자리도
함께 살아가는 이들도
오늘은 더욱
가깝게 살아 옵니다

지금껏 제가 만나 왔던 사람들
앞으로 만나게 될 사람들을 통해
만남의 소중함을 알게 하시고
삶의 지혜를 깨우쳐 주심에
거듭 감사드립니다

오늘 하루의 길 위에서
제가 더러는 오해를 받고
가장 믿었던 사람들로부터
신뢰받지 못하는 쓸쓸함에
눈물 흘리게 되더라도
흔들림 없는 발걸음으로 길을 가는
인내로운 여행자가 되고 싶습니다
오늘 하루
제게 맡겨진 시간의 옷감들을
자투리까지도 아껴 쓰는
알뜰한 재단사가 되고 싶습니다

하고 싶지만 하지 말아야 할 일과
하기 싫지만 꼭 해야 할 일들을

잘 분별할 수 있는 슬기를 주시고
무슨 일을 하든지
그 일밖에는 없는 것처럼 투신하는
아름다운 열정이 제 안에 항상
불꽃으로 타오르게 하소서
제가 다른 이에 대한 말을 할 때는
"사랑의 거울" 앞에 저를 다시 비추어 보게 하시고
자신의 모든 것을 남과 비교하느라
갈 길을 가지 못하는 어리석음으로
오늘을 묶어 두지 않게 하소서
몹시 바쁜 때일수록
잠깐이라도 비켜서서
하늘을 보게 하시고
고독의 층계를 높이 올라
내면이 더욱 자유롭고 풍요로운
흰옷의 구도자가 되게 하소서

제가 남으로부터 받은 은혜는
극히 조그만 것이라도 다 기억하되
제가 남에게 베푼 것에 대해서는

아무리 큰 것이라도 잊어버릴 수 있는

아름다운 건망증을 허락하소서

오늘 하루의 숲 속에서

제가 원치 않아도

어느새 돋아나는 우울의 이끼

욕심의 곰팡이, 교만의 넝쿨들이

참으로 두렵습니다

그러하오나 주님

이러한 제 자신에 대해서도

너무 쉽게 절망하지 말고

자신의 약점을 장점으로 바꾸어 가는

꿋꿋한 노력을 게을리하지 않게 하소서


어제의 열매이며

내일의 씨앗인 오늘

하루의 일과를 끝내고

잠자리에 들 때는

어느 날 닥칠 저의 죽음을

미리 연습해 보는 겸허힘으로

조용히 눈을 감게 하소서

"모든 것에 감사했습니다"
"모든 것을 사랑했습니다"
나직이 외우는 저의 기도가
하얀 치자꽃 향기로
오늘의 잠을 덮게 하소서

이해인

# 나바호 인디언의 기도

내 앞에 있는 아름다움과 함께 걸어갈 수 있기를
내 뒤에 있는 아름다움과 함께 걸어갈 수 있기를
내 위에 있는 아름다움과 함께 걸어갈 수 있기를
내 아래에 있는 아름다움과 함께 걸어갈 수 있기를
내 사방을 에워싼 아름다움과 함께 걸어갈 수 있기를
이 아름다운 길을 가는 동안 그렇게 내내

작자 미상

# 모든 것

모든 것을 맛보고자 하는 사람은
어떤 맛에도 집착하지 않아야 한다.

모든 것을 알고자 하는 사람은
어떤 지식에도 매이지 않아야 한다.

모든 것을 소유하고자 하는 사람은
어떤 것도 소유하지 않아야 하며,

모든 것이 되고자 하는 사람은
어떤 것도 되지 않아야 한다.

자신이 아직 맛보지 않은 어떤 것을 찾으려면
자신이 알지 못하는 곳으로 가야 하고

소유하지 못한 것을 소유하려면

자신이 소유하지 않은 곳으로 가야 한다.


모든 것에서 모든 것에게로 가려면
모든 것을 떠나 모든 것에게로 가야 한다.


모든 것을 가지려면
어떤 것도 필요로 함 없이 그것을 가져야 한다.

십자가의 성 요한

# 가을의 기도

가을에는
기도하게 하소서……
낙엽들이 지는 때를 기다려 내게 주신
겸허한 모국어로 나를 채우소서.

가을에는
사랑하게 하소서……

오직 한 사람을 택하게 하소서.
가장 아름다운 열매를 위하여 이 비옥한
시간을 가꾸게 하소서.

가을에는
호올로 있게 하소서……
나의 영혼,
굽이치는 바다와

백합의 골짜기를 지나,

마른 나뭇가지 위에 다다른 까마귀같이.

김현승

# 어느 17세기 수녀의 기도

주님, 주님께서는 제가 늙어가고 있고
언젠가는 정말로 늙어 버릴 것을
저보다도 잘 알고 계십니다.
저로 하여금 말 많은 늙은이가 되지 않게 하시고
특히 아무 때나 무엇에나 한 마디 해야 한다고 나서는
치명적인 버릇에 걸리지 않게 하소서.

모든 사람의 삶을 바로잡고자 하는 열망으로부터
벗어나게 하소서.
저를 사려깊으나 시무룩한 사람이 되지 않게 하시고
남에게 도움을 주되 참견하기를 좋아하는
그런 사람이 되지 않게 하소서.

제가 가진 크나큰 지혜의 창고를 다 이용하지 못하는 건
참으로 애석한 일이지만
저도 결국엔 친구가 몇 명 남아 있어야 하겠지요.

끝없이 이 얘기 저 얘기 떠들지 않고
곧장 요점으로 날아가는 날개를 주소서.

내 팔다리, 머리, 허리의 고통에 대해서는
아예 입을 막아 주소서.
내 신체의 고통은 해마다 늘어나고
그것들에 대해 위로받고 싶은 마음은
나날이 커지고 있습니다.
다른 사람들의 아픔에 대한 얘기를 기꺼이 들어줄
은혜야 어찌 바라겠습니까만
적어도 인내심을 갖고 참아 줄 수 있도록 도와주소서.

제 기억력을 좋게 해주십사고 감히 청할 순 없사오나
제게 겸손된 마음을 주시어
제 기억이 다른 사람의 기억과 부딪칠 때
혹시나 하는 마음이 조금이나마 들게 하소서.
나도 가끔 틀릴 수 있다는 영광된 가르침을 주소서.

적당히 착하게 해주소서. 저는
성인까지 되고 싶진 않습니다만……

어떤 성인들은 더불어 살기가 너무 어려우니까요……
그렇더라도 심술궂은 늙은이는 그저
마귀의 자랑거리가 될 뿐입니다.


제가 눈이 점점 어두워지는 건 어쩔 수 없겠지만
저로 하여금 뜻하지 않은 곳에서 선한 것을 보고
뜻밖의 사람에게서 좋은 재능을 발견하는
능력을 주소서.
그리고 그들에게 그것을 선뜻 말해 줄 수 있는
아름다운 마음을 주소서.
아멘.

작자 미상

# 내가 나 자신만을 위한다면

내가 나를 위하지 않는다면 누가 나를 위해주겠는가.

내가 나 자신만을 위한다면 나는 무엇이 되겠는가.

그리고 지금 행동하지 않는다면 언제 하겠는가.

힐렐

# 구한 것 하나도 안 주셨지만

큰일을 이루기 위해 힘을 주십사 하느님께 기도했더니
저에게 겸손을 배우라고 연약함을 주셨습니다.

많은 일을 해낼 수 있는 건강을 구했더니
제게 보다 가치 있는 일을 하라고 병을 주셨습니다.

행복해지고 싶어 부유함을 구했더니
지혜로워지라고 가난을 주셨습니다.

세상 사람들의 칭찬을 받고자 성공을 구했더니
뽐내지 말라고 실패를 주셨습니다.

삶을 누릴 수 있게 모든 것을 갖게 해달라고 기도했더니
삶을 누릴 수 있는 삶, 그 자체를 선물로 주셨습니다.

구한 것 하나도 주시지 않았지만

제 소원 모두 들어주셨습니다.

하느님의 뜻을 따르지 못하는 삶이었지만
제 마음이 미처 표현하지 못한 기도를 모두 들어주셨
습니다.

저는 가장 많은 축복을 받은 사람입니다.

아시시의 성 프란치스코

# 만약 내가 스물네 시간만 살 수 있다면

만약 내가 스물네 시간만 살 수 있다면
나는 텔레비전을 보지는 않을 거야.
컴퓨터 앞에 앉아 있지도 않을 거야.
밀리는 차 속에서 몇 시간씩 죽치고 있지도 않을 거야.
의견이 다른 사람과 싸우지도 않을 거야.
쇼핑을 가지도 않을 거야.
돈 많이 버는 법을 궁리하지도 않을 거야.
거실의 소파에 앉아 졸지도 않을 거야.

만약 내가 스물네 시간만 살 수 있다면
우리나라의 제일 아름다운 곳으로 여행을 떠나겠어.
싸우고 헤어진 사람들과 화해하겠어.
옥수수 익어가는 들판에 맨몸으로 누워보겠어.
나를 쫓아낸 직장 상사를 용서하겠어.
모르는 사람의 결혼식에 참석해 축하해주겠어.
행려병자를 등에 업고 병원 응급실까지 달려가겠어.

그러고도 시간이 남는다면,

나를 만드시고 회수해가시는 그분께

죄 많은 몸이지만 받아달라고 기도하겠어.

## 봄날, 사랑의 기도

봄이 오기 전에는 그렇게도 봄을 기다렸으나
정작 봄이 와도 저는 봄을 제대로 맞지 못하였습니다
이 봄날이 다 가기 전에
당신을 사랑하게 해 주소서
한 사람이 한 사람을 사랑하는 일로 해서
이 세상 전체가 따뜻해질 수 있도록 도와주소서
이 봄날이 다 가기 전에
갓 태어난 아기가 응아, 하는 울음소리로 엄마에게 신
호를 보내듯
내 입 밖으로 터져 나오는 사랑해요, 라는 말이 당신에
게 닿게 하소서

이 봄날이 다 가기 전에
남의 허물을 함부로 가리키던 손가락과
남의 멱살을 무턱대고 잡던 손바닥을 부끄럽게 하소서
남을 위해 한 번도 열려본 적이 없는 지갑과

끼니때마다 흘러 넘쳐 버리던 밥이며 국물과

그리고 인간에 대한 모든 무례와 무지와 무관심을 부
끄럽게 하소서

자신 있게 말할 수 있게 하소서

큰 것보다는 작은 것도 좋다고,

많은 것보다는 적은 것을 좋다고,

높은 것보다는 낮은 것도 좋다고,

빠른 것보다는 느린 것도 좋다고,

이 봄날이 다 가기 전에

그것들을 아끼고 쓰다듬을 수 있는 손길을 주소서

장미의 화려한 빛깔 대신에 제비꽃의 소담한 빛깔에
취하게 하시고

백합의 강렬한 향기 대신에 진달래의 향기 없는 향기
에 취하게 하소서

떨림과 설렘과 감격을 잊어버린

말라비틀어진 나뭇가지 같은 몸에도

물이 차오르게 하소서

꽃이 피게 하소서

그리하여 이 봄날이 다 가기 전에

얼음장을 뚫고 바다에 당도한 저 푸른 강물과 같이

당신에게 닿게 하소서

안도현

# 겨울 기도 1

하느님, 추워하며 살게 하소서.
이불이 얇은 자의 시린 마음을
잊지 않게 하시고
돌아갈 수 있는 몇 평의 방을
고마워하게 하소서.

겨울에 살게 하소서.
여름의 열기 후에 낙엽으로 날리는
한정 없는 미련을 잠재우시고
쌓인 눈 속에 편히 잠들 수 있는
당신의 긴 뜻을 알게 하소서.

마종기

## 시간이 검증한 미의 비결

아름다운 입술을 가지고 싶으면
친절한 말을 하라.

사랑스러운 눈을 갖고 싶으면
사람들에게서 좋은 점을 보라.

날씬한 몸매를 갖고 싶으면
너의 음식을 배고픈 사람과 나누라.

아름다운 머리카락을 갖고 싶으면 하루에 한 번
어린이가 손가락으로 너의 머리를 쓰다듬게 하라.

아름다운 자세를 갖고 싶으면
결코 너 혼자 걷고 있지 않다는 걸 명심하라.

기억하라, 만약 도움의 손이 필요하다면

네 팔 끝에 있는 손을 이용하면 된다.


네가 더 나이가 들면
손이 두 개라는 걸 발견하게 된다.


한 손은 너 자신을 돕는 손이고
다른 한 손은 다른 사람을 돕는 손이다.

샘 레벤슨

# 절

일평생 농사만 지으시다 돌아가신
작은할아버지께서는
세상에서 가장 절을 잘하셨다

제삿날이 다가오면
나는 무엇보다 작은할아버지께서 절하시는 모습이
기다려지곤 했는데

그 작은 몸을 다소곳하게 오그리고
온몸에 빈틈없이 정성을 다하는 자세란
천하의 귀신들도 감동하지 않고는 못 배길 모습이라

세상사 내 뜻대로 되지 않을 때
가만히 그 모습 떠올리며
두 손을 가지런히 하고, 발끝을 모아보지만

스스로 생각해보아도

모자라도 한참은 모자란 자세라

제풀에 꺾여 부끄러워하기도 하지만


먼 훗날 내 자식이 또한 영글어

제삿날 내 절하는 모습을 뒤에서 훔쳐볼 때

그 모습 그대로 그리워지길


그리워져서

천하의 귀신들도 감동하지 않고는 못 배길 모습이라

생각해주길 내처 기대하며

나는 또 두 손을 가지런히 하고

가만히 발끝을 모아보는 것이다


이홍섭

# 기도

위험으로부터 벗어나게 해달라고 기도하지 말고
위험에 처해도 두려워하지 않게 해달라고 기도하게 하
소서.
고통을 멎게 해달라고 기도하지 말고
고통을 이겨 낼 가슴을 달라고 기도하게 하소서.
생의 싸움터에서 함께 싸울
동료를 보내 달라고 기도하는 대신
스스로의 힘을 갖게 해달라고 기도하게 하소서.
두려움 속에서 구원을 갈망하기보다는
스스로 자유를 찾을 인내심을 달라고 기도하게 하소서.
내 자신의 성공에서만 신의 자비를 느끼는
겁쟁이가 되지 않도록 하시고
나의 실패에서도 신의 손길을 느끼게 하소서.

라빈드라나트 타고르

# 제 눈을 감겨주소서

저의 눈을 감겨주소서
그래야 제가 님의 모습 볼 수 있습니다
저의 두 귀를 막아주소서
그래야 제가 님의 음성 들을 수 있습니다
제가 걷지 않아야 님에게 다가갈 수 있으며
제가 말하지 않아야 비로소 님에게 말할 수 있습니다
만일 님께서 제게 못을 박는다면
제가 흘리는 피로써 님을 껴안으리이다

라이너 마리아 릴케

# 기도

오 주님,
호의를 가진 사람들뿐만 아니라 악의를 품은 사람들까
지도 기억하소서.

그들이 우리에게 끼친 고난만 기억하지 마시고
그 고난으로 인해 우리가 얻은 열매도 기억하소서.

이 모든 고난의 결과로 맺어진 열매들, 이를테면 우리
의 우정과 충성,
우리의 겸손과 용기, 관용, 넓은 마음도 기억하소서.

그리고 그들이 심판을 받게 될 때
우리가 맺은 모든 열매로 인해 그들이 용서받게 하
소서.

작자 미상

# 기도의 편지

하느님
당신은 당신의 일을 하고
나는 나의 일을 합니다.

하늘 가득 먹구름으로 굵은 빗방울이
떨어지는 건 당신의 일이지만
그 빗방울에 젖는 어린 화분을
처마 밑으로 옮기는 것은 나의 일,

하늘에 그려지는 천둥과 번개로
당신은 당신이 있다는 것을
알리지만
그 아래 떨고 있는 어린아이를
안고 보듬으며 나는
아빠가 있다는 것으로
달랩니다.

당신의 일은 모두가 옳습니다만
우선 눈에 보이는
인간적인 쓸쓸함으로 외로워하는
아직 어린 영혼을 위해
나는 쓰여지고 싶어요.

어쩌면, 나는 우표처럼 살고 싶어요
꼭 필요한 눈빛을 위해
누군가의 마음 위에 붙지만
도착하면 쓸모 다하고 버려지는 우표처럼
나도 누군가의 영혼을
당신께로 보내는 작은 표시가
되고 싶음은
아직도 욕심이 많음인가요.

서정윤

# 이 넉넉한 쓸쓸함

우리가 살아 있는 세계는
우리가 살아가야 할 세계와 다를 테니
그때는 사랑이 많은 사람이 되어 만나자

무심함을
단순함을
오래 바라보는 사람이 되어 만나자

저녁빛이 마음의 내벽
사방에 펼쳐지는 사이
가득 도착할 것을 기다리자

과연 우리는 점 하나로 온 것이 맞는지
그러면 산 것인지 버틴 것인지
그 의문마저 쓸쓸해 문득 멈추는 일이 많았으니
서로를 부둥켜안고 지내지 않으면 안 되게 살자

닳고 해져서 더 이상 걸을 수 없다고
발이 발을 뒤틀어버리는 순간까지
우리는 그것으로 살자

밤새도록 몸에서 운이 다 빠져나가도록
자는 일에 육체를 잠시 맡겨두더라도
우리 매일 꽃이 필 때처럼 호된 아침을 맞자

이병률

# 초대

당신이 생존을 위해 무엇을 하는가는
내게 중요하지 않다.
당신이 무엇 때문에 고민하고 있고,
자신의 가슴이 원하는 것을 이루기 위해
어떤 꿈을 간직하고 있는가 나는 알고 싶다.

당신이 몇 살인가는 내게 중요하지 않다.
나는 다만 당신이 사랑을 위해
진정으로 살아 있기 위해
주위로부터 비난받는 것을
두려워하지 않을 자신이 있는가 알고 싶다.

어떤 행성 주위를 당신이 돌고 있는가는 중요하지
않다.
당신이 슬픔의 중심에 가닿은 적이 있는가
삶으로부터 배반당한 경험이 있는가

그래서 잔뜩 움츠러든 적이 있는가

또한 앞으로 받을 더 많은 상처 때문에

마음을 닫은 적이 있는가 알고 싶다.


나의 것이든 당신 자신의 것이든

당신이 기쁨과 함께할 수 있는가 나는 알고 싶다.

미친 듯이 춤출 수 있고, 그 환희로

손가락 끝과 발가락 끝까지 채울 수 있는가.

당신 자신이나 나에게 조심하라고, 현실적이 되라고,

인간의 품위를 잃지 말라고

주의를 주지 않고서 그렇게 할 수 있는가.


당신의 이야기가 진실인가 아닌가는 중요하지 않다.

당신이 다른 사람들을 실망시키는 한이 있더라도

자기 자신에게는 진실할 수 있는가.

배신했다는 주위의 비난을 견디더라도

자신의 영혼을 배신하지 않을 수 있는가 알고 싶다.


어떤 것이 예쁘지 않더라도 당신이

그것의 아름다움을 볼 수 있는가.

그것이 거기에 존재한다는 사실에서
더 큰 의미를 발견할 수 있는가 나는 알고 싶다.


당신이 누구를 알고 있고 어떻게 이곳까지 왔는가는
내게 중요하지 않다.
다만 당신이 슬픔과 절망의 밤을 지샌 뒤
지치고 뼛속까지 멍든 밤이 지난 뒤
자리를 떨치고 일어날 수 있는가 알고 싶다.


나와 함께 불길의 한가운데 서 있어도
위축되지 않을 수 있는가.
모든 것이 떨어져 나가더라도
내면으로부터 무엇이 당신의 삶을 지탱하고 있는가.


그리고 당신이 자기 자신과 홀로 있을 수 있는가.
고독한 순간에 자신과 함께 있는 것을
진정으로 좋아할 수 있는가 알고 싶다.

오리아 마운틴 드리머

# 수선화에게

울지 마라
외로우니까 사람이다
살아간다는 것은 외로움을 견디는 일이다
공연히 오지 않는 전화를 기다리지 마라
눈이 오면 눈길을 걸어가고
비가 오면 빗길을 걸어가라
갈대숲에서 가슴검은도요새도 너를 보고 있다
가끔은 하느님도 외로워서 눈물을 흘리신다
새들이 나뭇가지에 앉아 있는 것도 외로움 때문이고
네가 물가에 앉아 있는 것도 외로움 때문이다
산 그림자도 외로워서 하루에 한 번씩 마을로 내려온다
종소리도 외로워서 울려퍼진다

정호승

# 위태로움을 위한 기도

깜깜한 먼 허공
저 진창의 지상을 내려보며
하필 눈송이는 그 가느다란 나뭇가지를 붙잡고 안도하
고 싶었을까

그 위태로운 선택이
그를 눈꽃이라 부르게 했으리라

지상의 모든 꽃은 그래서
제 몸에서 가장 먼 곳에 저를 피운다
심지어는 없는 길을 내어 허공에
꽃을 피우는 덩굴도 있잖은가

하느님이 들여다보고 들어주시는 기도는
제 뿌리도 제 몸도 눈치 못 채게
은밀히 피우는 꽃이라서,

머언 하늘에 피우는 꽃이라서,

저 눈송이처럼

그 끝에 매달리는 것 말고는

바라는 게 없어서,

하 아름다워서,

당신이 애초에 만드신 그 모습이어서


나를 더 위태롭게 하소서


복효근

# 마음이 답답한 자여

마음이 답답한 자여
눈을 들어 하늘을 보라
새파랗게 벗어진 유리알 하늘이
그대 마음문을 열어주리라
마음이 고픈 자여
어둠을 빠져나와 들판을 거닐어 보라
그분의 오묘한 사랑의 손이
머리 숙인 벼 이삭 알알이 빛나게 하고
그대 마음도 황금빛 사랑으로
넘치게 하리라
마음이 미움으로 불거진 자여
파삭한 머리칼 메마른 살이
재가 되고 있는 풀잎을 보아라
자기의 메마름의 때를 알리라
광활한 대지 위에
오직 한 획,

한 점으로

있음을 알 때

미움은 곧 그리움으로

그리움으로 돌아와

서로 손을 잡고

얼싸안아야 함을 알리라

사랑은 그분의 뜻이므로.

김지향

# 기도

기도는
하나님께 내 얘기만
드리는 게 아니라
가만히 그 말씀
듣는 것이라고 한다.

그럼 세상에서 제일
기도 잘 하는 건
나무거나
풀이거나
돌이거나.

아니, 어쩌면 나도!
그 마음
고요할 때.

이진경

# 마더 테레사의 기도법

미국 CBS 방송국의 유명 앵커인 댄 래더가 테레사 수녀에게 질문했다.

"수녀님은 기도할 때 무슨 말씀을 하십니까?"

테레사 수녀가 담담하게 답했다.

"아무 말도 하지 않고 가만히 듣습니다."

예상 밖의 답변을 들은 댄 래더는 이해할 수 없다는 표정을 지으며 다시 물었다.

"그러면 하느님께서 뭐라고 말씀하시나요?"

테레사 수녀가 답했다.

"그분께서도 가만히 듣고 계시지요."

작자 미상

# 공부

'다 공부지요'
라고 말하고 나면
참 좋습니다.
어머님 떠나시는 일
남아 배웅하는 일
'우리 어매 마지막 큰 공부 하고 계십니다'
말하고 나면 나는
앉은뱅이책상 앞에 무릎 꿇은 착한 소년입니다.

어디선가 크고 두터운 손이 와서
애쓴다고 머리 쓰다듬어주실 것 같습니다.
눈만 내리깐 채
숫기 없는 나는
아무 말 못하겠지요만
속으로는 고맙고도 서러워
눈물 핑 돌겠지요만.

날이 저무는 일

비 오시는 일

바람 부는 일

갈잎 지고 새움 돋듯

누군가 가고 또 누군가 오는 일

때때로 그 곁에 골똘히 지켜섰기도 하는 일


'다 공부지요' 말하고 나면 좀 견딜 만해집니다.

김사인

# 나의 유산은

내 유산으로는
징검다리 같은 것으로 하고 싶어
장마 큰물이 덮었다가 이내 지쳐서는 다시 내보여
주는,
은근히 세운 무릎 상부같이 드러나는
검은 징검돌 같은 걸로 하고 싶어

지금은,
불어난 물길을 먹먹히 바라보듯
섭섭함의 시간이지만
내 유산으로는 징검다리 같은 것으로 하고 싶어
꽃처럼 옮겨가는 목숨들의
발밑의 묵묵한 목숨
과도한 성냄이나 기쁨이 마셨더라도
이내 일고여덟 형제들 새까만 정수리처럼 솟아나와
모두들 건네주고 건네주는

징검돌의 은은한 부동不動

나의 유산은

# 천 사람 중의 한 사람

천 사람 중의 한 사람은

형제보다 더 가까이 네 곁에 머물 것이다.

생의 절반을 바쳐서라도 그런 사람을 찾을 필요가

있다.

그 사람이 너를 발견하기를 기다리지 말고.

구백아흔아홉 사람은 세상 사람들이 바라보는 대로

너를 바라볼 것이다.

하지만 그 천 번째 사람은 언제까지나 너의 친구로 남

으리라.

세상 모두가 너에게 등을 돌릴지라도.


그 만남은 목적이나 겉으로 내보이기 위한 것이 아닌

너를 위한 진정한 만남이 되리라.

천 사람 중의 구백아흔아홉 사람은 떠나갈 것이다.

너의 표정과 행동에 따라, 또는 네가 무엇을 이루는가

에 따라.

그러나 네가 그 사람을 발견하고 그가 너를 발견한다면
나머지 사람들은 문제가 아니리라.
그 천 번째 사람이
언제나 너와 함께 물 위를 헤엄치고
물속으로도 기꺼이 가라앉을 것이기에.


때로 그가 너의 지갑을 사용할 수도 있지만
넌 더 많이 그의 지갑을 사용할 수 있으리라.
많은 이유를 대지 않고서도.
그리고 날마다 산책길에서 웃으며 만나리라.
마치 서로 빌려 준 돈 따위는 없다는 듯이.
구백아흔아홉 사람은 거래할 때마다 담보를 요구하
리라.
하지만 천 번째 사람은
그들 모두를 합친 것보다 더 가치가 있다.
너의 진실한 감정을 그에게는 보여 줄 수 있으므로.


그의 잘못이 너의 잘못이고,
그의 올바름이 곧 너의 올바름이 되리라.
태양이 비칠 때나 눈비가 내릴 때나.

구백아흔아홉 사람은 모욕과 비웃음을 견디지 못할 것이다.

하지만 그 천 번째 사람은 언제나 네 곁에 있으리라.

함께 죽음을 맞이하는 한이 있더라도.

그리고 그 이후에도.

러디어드 키플링

# 신이 당신을 필요로 하듯이
―『풀잎』서문


인생은 당신이 배우는 대로 형성되는 학교이다.


당신의 현재 생활은 책 속의 한 장에 지나지 않는다.

당신은 지나간 장들을 썼고, 뒤의 장들을 써 나갈 것이다.

당신이 당신 자신의 저자이다.

사람이 자기 조국을 사랑하는 것은 자연스러운 일이다.

그러나 왜 국경에서 멈추는가?

모든 사람이 볼 수 있도록 당신의 사상을 하늘 위에

불로 새겨 놓은 것처럼 그렇게 사고하라.

진실로 그렇게 하라.


온 세상이 단 하나의 귀만으로 당신의 말을 들으려고 하
는 듯이

그렇게 말하라.

진실로 그렇게 하라.

당신의 모든 행위가 당신의 머리 위로 되돌아오는 것
처럼 행동하라.

진실로 그렇게 하라.


당신의 신이 존재를 확인받기 위해 당신을 필요로 하
듯이 살아라.

진실로 그렇게 하라.


땅과 태양과 동물들을 사랑하라, 부를 경멸하라,

원하는 모든 이에게 자선을 베풀라,

어리석고 제정신이 아닌 일에 맞서라,

당신의 수입과 노동을 다른 사람을 위한 일에 돌려라,

신에 대하여 논쟁하지 말라,

사람들에게는 참고 너그럽게 대하라,

당신이 모르는 것, 알 수 없는 것 또는

사람 수가 많든 적든 그들에게 머리를 숙여라,

지식은 갖추지 못했으나 당신을 감동시키는 사람들,

젊은이들, 가족의 어머니들과 함께 가라,

자유롭게 살면서 당신 생애의 모든 해, 모든 계절,

산과 들에 있는 이 나뭇잎들을 음미하라,

학교, 교회, 책에서 들은 모든 것을 다시 검토하라,

당신의 영혼을 모욕하는 것은 무엇이든지 멀리하라……

월트 휘트먼

# 기도에게


　사찰에서든 교회에서든 성당에서든, 제가 비는 것은 한 가지입니다. 역설적이지만 저는 아무것도 빌지 않게 해달라고 빕니다. 이 기도에는 욕망을 줄여 마음과 몸을 간소하게 살고 싶다는 뜻도 있지만 '아무것도 빌지 않아도 될 만큼 평온한 일들이 계속되었으면' 하는 큰 욕심도 있습니다.

박준

# 지금 아픈 사람

네게로 쏟아지는 햇빛 두어 평
태양의 어느 한 주소에
너를 위해 불 밝힌 자리가 있다는 것

처음부터 오직 너만을 위해
아침 꽃 찬찬히 둘러본 뒤
있는 힘껏 달려온 빛의 힘살들이 있다는 것

오직 너만을 위해
처음부터 준비된 기도가 있다는 것

너를 위해 왔다가
그냥 기꺼이 죽어주는 마음이 있다는 것

하느님이 준비한
처음의 눈빛이 있다는 것

그러니 너도 그 햇빛

남김없이 더불어 다 흐느껴 살다 가기를


이승에서 너의 일이란


그저 그 기도를 살아내는 일

그 마음을 들여다보는 일

햇빛처럼 남김없이 피어나

세상의 한두 평 기슭에 두 손 내미는 일

착하게 어루만지는 일

더불어 따뜻해지는 일

네가 가진

빛의 순수와 열망을 베푸는 일

스스로를 용서하는 일

나,라고

처음으로 불러주는 일


세상에 너만 남겨져

혼자서 아프라고 햇빛 비추는 것 아니다


류근

## 동질 同質

이른 아침 문자 메시지가 온다
　ー나지금입사시험보러가잘보라고해줘너의그말이꼭
필요해
　모르는 사람이다
　다시 봐도 모르는 사람이다

　메시지를 삭제하려는 순간
　지하철 안에서 전화를 생명처럼 잡고 있는
　절박한 젊은이가 보인다

　나도 그런 적이 있었다
　그때 나는 신도 사람도 믿지 않아
　잡을 검불조차 없었다
　그 긴장을 못 이겨
　아무 데서나 꾸벅꾸벅 졸았다

답장을 쓴다

— 시험꼭잘보세요행운을빕니다!

조은

# 어버이의 기도

아이들의 마음을 헤아리고

아이들의 말을 끝까지 인내하며 듣게 하소서.

아이들의 묻는 말에 단 한마디라도 마음 편안히 대답

을 들려주게 하시고

아이들의 말을 가로막거나 핀잔을 주지 않게 하소서.

아이들이 나에게 공손하기를 바라는 것같이

나도 아이들에게 공손하게 하여 주소서.

내가 아이들에게 잘못하였다는 것을 깨달았을 때는

나의 잘못을 말하고 아이들의 용서를 구하는 용기를

주소서.

공연히 아이들의 감정을 상하게 하지 않기를 비오며

아이들의 과실을 비웃거나 창피를 주거나

조롱하는 일이 없도록 하여 주소서.

나의 말과 행동으로 정직은 행복의 지름길임을

증거하도록 인도하여 주소서.

내 마음속의 비열함을 깨끗이 씻어 주시고 잔소리를

일삼지 않게 하소서.

　오 주님이시여, 나의 기분이 언짢을 때 나의 혀를 다스리게 하여 주소서.

　아이들의 사소한 잘못에 눈을 가리고, 착한 일만을 보도록 도와주소서.

　아이들의 잘한 일에 대해서는 서슴없이 마음을 다해 칭찬하게 하여 주소서.

　아이들의 나이대로 아이들을 대하고,

　어른들의 판단이나 관습을 강요하지 말게 하옵소서.

　내 스스로의 만족을 위하여 아이들에게 벌을 주는 일을 막아 주소서.

　정당한 소원은 빠짐없이 들어주고, 아이들에게 해로운 권리는

　언제나 허락하지 않는 용기를 주소서.

　나를 공평하고 정의로운 사람, 긍휼이 넘치는 다정한 사람으로 만드시어 아이들의 존경을 받을 수 있는 사람이 되게 하소서.

　아이들의 사랑을 받고 아이들의 거울이 될 만한 사람으로 만들이 주소서.

게리 메이어스

# 아이들을 위한 기도

당신이 이 세상을 있게 한 것처럼
아이들이 나를 그처럼 있게 해주소서
불러 있게 하지 마시고
내가 먼저 찾아가 아이들 앞에
겸허히 서게 해주소서
열을 가르치려는 욕심보다
하나를 바르게 가르치는 소박함을
알게 하소서
위선으로 아름답기보다는
진실로써 추하기를 차라리 바라오며
아이들의 앞에 서는 자 되기보다
아이들의 뒤에 서는 자 되기를
바라나이다
당신에게 바치는 기도보다도
아이들에게 바치는 사랑이 더 크게 해주시고
소리로 요란하지 않고

마음으로 말하는 법을 깨우쳐주소서

당신이 비를 내리는 일처럼

꽃밭에 물을 주는 마음을 일러주시고

아이들의 이름을 꽃처럼 가꾸는 기쁨을

남 몰래 키워가는 비밀 하나를

끝내 지키도록 해주소서

흙먼지로 돌아가는 날까지

그들을 결코 배반하지 않게 해주시고

그리고 마침내 다시 돌아와

그들 곁에 순한 바람으로

머물게 하소서

저 들판에 나무가 자라는 것처럼

우리 또한 착하고 바르게 살고자 할 뿐입니다

저 들판에 바람이 그치지 않는 것처럼

우리 또한 우리들의 믿음을 지키고자 할 뿐입니다

김시천

# 어린이를 위한 기도

이 빵과 우유를 축복해 주세요.
제가 따뜻하게 잘
이 푹신한 침대를 축복해 주세요.
내일 창가에 아침이 찾아올 때까지,
어두운 밤에 자는 동안
무서운 일이 생기지 않게 해 주세요.
제 친구 장난감들을 축복해 주세요.
제가 여기저기 돌아다닐 때
신는 신발을 축복해 주세요.
제 작은 의자를 축복해 주세요.
전등 불빛과 난로의 불꽃을 축복해 주세요.
지칠 줄 모르고
사랑으로 키워주시는 손길을 축복해 주세요.
친구들과 가족들을 축복해 주세요.
아빠와 엄마를 축복하시고
저희 가족이 더 사랑하게 해 주세요.

먼 나라, 가까운 나라에 사는

어린이들을 축복하시고,

걱정 없이 안전하게 살게 해 주세요.

그래서 제가 평화롭고 건강하게

잠들고 깰 수 있게 해 주세요.

예수님의 이름으로 기도합니다.

아멘.

레이철 필드

## 스승의 기도

날려 보내기 위해 새들을 키웁니다
아이들이 저희를 사랑하게 해주십시오
당신께서 저희를 사랑하듯
저희가 아이들을 사랑하듯
아이들이 저희를 사랑하게 해주십시오
저희가 당신께 그러하듯
아이들이 저희를 뜨거운 가슴으로 믿고 따르며
당신께서 저희에게 그러하듯
아이들을 아끼고 소중히 여기며
거짓 없이 가르칠 수 있는 힘을 주십시오
아이들이 있음으로 해서 저희가 있을 수 있듯
저희가 있음으로 해서
아이들이 용기와 희망을 잃지 않게 해주십시오
힘차게 나는 날개짓을 가르치고
세상을 올곧게 보는 눈을 갖게 하고
이윽고 그들이 하늘 너머 날아가고 난 뒤

오래도록 비어 있는 풍경을 바라보다

그 풍경을 지우고 다시 채우는 일로

평생을 살고 싶습니다

아이들이 서로 사랑할 수 있는 나이가 될 때까지

저희를 사랑하게 해주십시오

저희가 더더욱 아이들을 사랑할 수 있게 해주십시오

도종환

# 화해
― 연습 다섯


숨을 들이쉬면서, 나 자신을 다섯 살배기 아이로 본다.
숨을 내쉬면서, 그 다섯 살배기 아이에게 웃어 준다.

숨을 들이쉬면서, 나 자신인 그 다섯 살배기 아이가
너무나도 여리고 상처 입기 쉬운 아이임을 본다.
숨을 내쉬면서, 내 안에 있는 다섯 살배기 아이에게
이해와 자비로 웃어 준다.

숨을 들이쉬면서, 내 아버지를 다섯 살배기
아이로 본다.
숨을 내쉬면서, 다섯 살배기 아버지에게 웃어 준다.

숨을 들이쉬면서, 다섯 살배기 아이가
너무나도 여리고 상처 입기 쉬운 내 아버지임을 본다.
숨을 내쉬면서, 내 아버지인 다섯 살배기 아이에게
이해와 자비로 웃어 준다.

숨을 들이쉬면서, 내 어머니를 다섯 살배기
아이로 본다.
숨을 내쉬면서, 다섯 살배기 어머니에게 웃어 준다.

숨을 들이쉬면서, 다섯 살배기 아이가
너무나도 여리고 상처 입기 쉬운 내 어머니임을 본다.
숨을 내쉬면서, 내 어머니인 다섯 살배기 아이에게
이해와 자비로 웃어 준다.

숨을 들이쉬면서, 다섯 살 때 겪은
아버지의 고통을 본다.
숨을 내쉬면서, 다섯 살 때 겪은
어머니의 고통을 본다.

숨을 들이쉬면서, 내 안에 있는 아버지를 본다.
숨을 내쉬면서, 내 안의 아버지에게 웃어 준다.

숨을 들이쉬면서, 내 안에 있는 어머니를 본다.
숨을 내쉬면서, 내 안의 어머니에게 웃어 준다.

숨을 들이쉬면서, 내 안에 있는 아버지의
어려움을 이해한다.
숨을 내쉬면서, 아버지와 나 자신을
함께 바꾸기로 서원한다.

숨을 들이쉬면서, 내 안에 있는 어머니의
어려움을 이해한다.
숨을 내쉬면서, 어머니와 나 자신을
함께 바꾸기로 서원한다.

틱낫한

# 이 음식이 어디서 오셨는가

이 음식이 어디서 오셨는가
내 덕행으로 받기가 부끄럽네
마음의 온갖 욕심 버리고
육신을 지탱하는 약으로 알아
보리를 이루고자 공양을 받습니다

작자 미상

# 우리가 죽음이라고 부르는 것

나는 바닷가에 서 있다.

내 쪽에 있는 배가

산들바람에 흰 돛을 펼치고 푸른 바다로 나아간다.

그 배는 아름다움과 힘의 상징이다.

나는 서서 바다와 하늘이 서로 맞닿는 곳에서

배가 마침내 한 조각 구름이 될 때까지 바라본다.

저기다. 배가 가버렸다.

그러나 내 쪽의 누군가가 말한다.

'어디로 갔지?'

우리가 보기에는 그것이 전부이다.

배는 우리 쪽을 떠나갈 때의 돛대, 선체, 크기 그대로이다.

목적지까지 온전하게 짐을 싣고 항해할 수 있었다.

배의 크기가 작아진 것은 우리 때문이지,

배가 그런 것이 아니다.

'저기 봐! 배가 사라졌다!'라고 당신이 외치는 바로 그
순간,

'저기 봐! 배가 나타났다!' 하며 다른 쪽에서는

기쁜 탄성을 올리는 것이다.

그리고 그것이 우리가 죽음이라고 부르는 것이다.

작자 미상

# 나를 떠난 인연에게

눈에서 멀어지면 마음에서 멀어진다고
그 말을 믿고 싶어도 자꾸 떠오르는 사람들
기억 저편 아물거리는 얼굴이 있어
마음 한구석 앙금으로 남는 사람들
어디선가 모두들 잘 살고 있겠지

이따금 과거의 회상을 드리우는 사람들
얽히고설킨 인연의 실타래
끊을래야 끊을 수 없는 이 질긴 인연들
아무리 그들이 나를 기억 속에서 지웠다 하여도
그들은 내 삶을 함께 엮어왔던 소중한 인연이기에
나의 기억 속에서 가장 아름다운 영혼으로
머물 수밖에 없는 존재인 것을

누군가가 나를 이만큼이나 생각한다면
나는 분명 축복받은 사람일 거야

함께했던 시간보다 더

앞으로도 나는 그들을 위해 기도할 테니

원성

# 휴식

봄 햇살이, 목련나무 아래
늙고 병든 가구들을 꺼내놓는다
비매품으로

의자와
소파와
침대는
다리가 부러지고 뼈가 어긋나
삐그덕거린다

갇혀서 오래 매 맞은 사람처럼
꼼짝없이 전쟁을 치러온
이 제대병들을 다시 고쳐 전장에,
들여보내지
말았으면 좋겠다

의자에게도 의자가
소파에게는 소파가
침대에게도 침대가
필요하다

아니다, 이들을
햇볕에 그냥 혼자 버려두어
스스로 쉬게 하라
생전 처음 짐 내려놓고
목련꽃 가슴팍에 받아 달고

의자는 의자에 앉아서
소파는 소파에 기대어
침대는 침대에 누워서

이영광

# 소방관의 기도

제가 업무의 부름을 받을 때에는,
신이시여,
아무리 강렬한 화염 속에서도 한 생명을
구할 수 있는 힘을 저에게 주소서.

너무 늦기 전에 어린아이를
감싸안을 수 있게 하시고
공포에 떨고 있는 노인을 구하게 하소서.

저에게도 언제나 만전을 기할 수 있게 하시어
가냘픈 외침까지도 들을 수 있게 하시고
신속하고 효과적으로 화재를 진압하게 하소서.

저의 업무를 충실히 수행케 하시어
제가 최선을 다할 수 있게 하시고
저의 모든 이웃의 생명과 재산을 보호하고

지키게 하여주소서.

그리고 신의 뜻에 따라 제가 목숨을 잃게 되면
신의 은총으로 제 아내와 가족을
돌보아주소서.

앨빈 윌리엄 '스모키' 린

# 천 개의 바람이 되어

내 무덤 앞에서 울지 마세요.
나는 그곳에 없습니다.
그곳에 잠들어 있지도 않습니다.

천의 바람이, 천 개의 바람이 되어
저 넓은 하늘을 날아다니고 있을 거예요.

가을에는 햇살이 되어 들판을 비추고
겨울에는 다이아몬드처럼 반짝이는 눈이 되고

아침에는 새가 되어 당신을 깨우고
밤에는 별이 되어 당신을 지켜볼 거예요.

내 무덤 앞에서 울지 마세요.
나는 그곳에 없습니다.
나는 죽은 게 아니에요.

천의 바람이, 천 개의 바람이 되어

저 넓은 하늘을 날아다니고 있을 거예요.


천의 바람이, 천 개의 바람이 되어

저 넓은 하늘을 날아다니고 있을 거예요.

저 넓은 하늘을 날아다니고 있을 거예요.


클레어 하너

# 저는 원래 천국 사람이었습니다

어머니,

제게 남은 이 생의 마지막 나날이

몹시 괴로울 것 같았지만, 실제로는 그렇지 않습니다.

아니 솔직히 말씀드리면 여러모로 제 생애 최고의 날들이라고 할 수 있을 것 같습니다.

어머니께서 슬퍼하시면, 저는 제 모든 꿈을 이루기 위해 몇백 년을 더 살아야 할 것입니다.

하지만 제게 주어진 시간에 충실했으니, 저는 아무런 후회가 없습니다.

아마도 제가 병에 걸리지 않았더라면 느긋한 마음으로 모두에게 진심으로 고마움을 전하는 일이 절대로 없었을 테죠.

이것은 시커먼 구름을 뚫고 찬란하게 쏟아지는 은빛 햇살과 같습니다.

꿈을 이룰 기회도 갖지 못한 채 죽은 사람들이 참 안타깝습니다.

저는 모든 꿈을 이루었는데 말입니다.


제가 천국에 갔느냐고 누군가 묻거든, 어머니 이렇게
만 말씀해주세요.
저는 원래 그곳 사람이었다고.


어머니를 사랑하는 아들
다니엘 드림

다니엘 슈만

# 가시나무

내 속엔 내가 너무도 많아
당신의 쉴 곳 없네
내 속엔 헛된 바램들로
당신의 편할 곳 없네

내 속엔 내가 어쩔 수 없는 어둠
당신의 쉴 자리를 뺏고
내 속엔 내가 이길 수 없는 슬픔
무성한 가시나무숲 같네

바람만 불면 그 메마른 가지
서로 부대끼며 울어대고
쉴 곳을 찾아 지쳐 날아온 어린 새들도
가시에 찔려 날아가고
바람만 불면 외롭고 또 괴로워
슬픈 노래를 부르던 날이 많았는데

내 속엔 내가 너무도 많아서

당신의 쉴 곳 없네

하덕규

# 찢어진 고무신

감옥의 독방에 살 때 내 옆방에 젊은 사형수가 들어
왔다.

세상을 충격과 공포 속으로 몰아넣은 연쇄살인범이
었다.

그는 한겨울에도 사각팬티만 입고 운동장을 뛰었다.

비가 오나 눈이 오나 매일 혼자 운동장을 달렸다.

우리는 서로 얼굴은 보지 못하지만 가끔 통방을 했다.

"오늘은 몇 바퀴 뛰었어요?"

"어제보다 한 바퀴 덜 뛰었어요."

대답은 늘 똑같았다.

그게 몇 바퀴인지 나는 한 번도 묻지 않았다.

아마도 '덜 뛰는' 날이 없을 때가

마지막 날일지도 모른다고 막연히 짐작만 했다.


멀리 구치소 담장 위로 낙엽이 직각으로 떨어지는

어느날 아침이었다.

평소 수런거리던 복도가 무덤 속처럼 조용했다.

유난히 큰 교도관의 발걸음 소리가 옆방에 멈췄다.

"수번 5046번 접견!"

"오늘 면회 올 사람 없는데요?"

"……"


갑자기 내 온몸에 전율이 일어났다.

옆방의 철문을 따는 둔탁한 소리가 들렸다.

난 얼른 내 하얀 고무신의 뒤축을 이빨로 물어뜯어

벽 밑에 뚫린 작은 식구통으로 내밀며 말했다.

"그 신발 내 주고 이거 신고 가요."

긴 복도로 걸어가는 그의 넓은 등을 끝까지 보았다.

그는 걷다가 자꾸 신발이 벗겨져 멈추곤 했다.

필시 먼 길 떠나는 줄도 모를 그가

조금만이라도 햇볕을 더 쬐고 가라고

난 일부러 신발이 헐렁하도록 찢어놓았다.

옆방에 새로운 사형수가 들어왔다.

이산하

# 결혼에 대하여

함께 있되 거리를 두라.

그래서 하늘 바람이 너희 사이에서 춤추게 하라.

서로 사랑하라.

그러나 사랑으로 구속하지는 말라.

그보다 너의 혼과 혼의 두 언덕 사이에 출렁이는 바다를 놓아두라.

서로의 잔을 채워주되 한쪽의 잔만을 마시지 말라.

서로의 빵을 주되 한쪽의 빵만을 먹지 말라.

함께 노래하고 춤추며 즐거워하되 서로는 혼자 있게 하라.

마치 현악기의 줄들이 하나의 음악을 울릴지라도 줄은 서로 혼자이듯이.

서로 가슴을 주라. 그러나 서로의 가슴속에 묶어두지는 말라.

오직 큰 생명의 손길만이 너희의 가슴을 간직할 수 있다.

함께 서 있으라. 그러나 너무 가까이 서 있지는 말라.

사원의 기둥들도 서로 떨어져 있고

참나무와 삼나무는 서로의 그늘 속에선 자랄 수 없다.

칼릴 지브란

# 결혼

당신과 같은 주소를 갖고 싶었습니다
기다림 밴 맑은 물
하얀 쌀을 씻으며
밤이면 내게 돌아올 당신을 기다리고 싶었습니다

왠지 행복할 것 같았습니다
당신과 같은 열쇠를 사용하면

닫힌 열쇠 구멍 속에 우리만의 천국을 이루고

지쳐버린 하루의 끝엔 둥근 당신의 팔 베고
그대 숨소리 들으며 잠들고 싶었습니다

둘이 하나가 된다는 것은
하나를 둘로 나누는 것보다 어렵고
두 외길이

한길로 이어지기 위해서는

고통과 아픔이 따름을 알면서도

내 이 길을 선택함은

당신을 사랑하는 까닭입니다

고현혜

# 둘이서 하나이 되어

— 결혼 축시

밝은 이 자리에 떨리는 두 가슴
말없이 손잡고 서 있습니다

언젠가는 오늘이 올 것을 믿었습니다
이렇듯 소중한 시간이 있어주리란 것을

우리는 푸른 밤 고요한 달빛 아래
손가락 마주 걸고 맹세를 했습니다
우리는 영원히 하나가 되리라고
그리고 지금 우리가 순수한 것처럼
우리의 앞날을 순수하게 키워가자고

사람들은 누구나 말합니다
사노라면 기쁨과 즐거움 뒤에
어려움과 아픔이 따르기 마련이며
비에 젖어 쓸쓸한 날도 있다는 걸

모래성을 쌓듯 몇 번이고 헛된 꿈에
무릎을 꿇어야 한다는 걸

그럴수록 우리는 둘이서 둘이 아닌
하나이 되렵니다
찬바람 목둘레에 감겨든다 한들
마음이야 언제나 따뜻한 불빛
약속의 언어로 쌓아올린 종탑
높은 정신을 기억할 것입니다

아, 이토록 아름다운 하늘 아래
이토록 가슴이 빛나는 날에
둘이서 하나이 되면
둘이서 하나이 되면

지상의 온갖 별들이
머리 위에서 빛나고
불멸의 힘으로 피어나는 날들이
우리를 끌어갈 것입니다
우리는 손을 잡고

같은 쪽 같은 하늘을 바라보며 가렵니다


죽음이 우리를 갈라놓을 때까지
죽음이 우리를 갈라놓을 때까지.

김후란

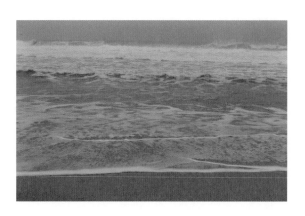

# 문을 위한 기도

하나님,
사랑과 우정과 돌봄이 필요한 모든 사람들을
넉넉하게 받아들일 수 있을 만큼
이 집의 문을 충분히 넓혀주소서.

하나님,
이 세상의 모든 질투와 자만과 혐오가
침입해 들어설 수 없을 만큼
이 집의 문을 가능한 한 좁혀주소서.

하나님,
아이들이 발에 걸려 넘어지거나 헛딛지 않도록
이 집의 문턱을 부드럽게 감싸주소서.

하나님,
유혹하는 손길을 강하게 물리칠 수 있도록

이 집의 문턱을 단단히 붙잡으소서.

이 문이
하나님의 나라로 향하는
통로가 되게 하소서.

토머스 켄

## 뒷문을 열어놓으십시오
## 앞문으로 새로운 바람이 들어올 것입니다


사랑의 님이시여!
세상 사람들은 자신의 집 뒷문 빗장을 걸어둔 채
대문 밖에 나서서 미래의 행복만을 기다리며 살아가나
이다.


그래서 집안의 공기는 탁해지고
그 탁해진 공기 속에서 고민과 갈등이 이어지나이다.
모름지기 행복은 열정과 계획이 아니라
순리임을 세상 사람들이 깨달았으면 하나이다.


님이시여!
식탁에서 떨어지는 부스러기는 가난한 이들에게 주시고
나머지는 모두 가지소서.


님이 지닌 명예도 조금만 고개를 떨구시고
마음껏 누리소서.

미움과 증오로 가득찬 사람에게 마음껏 퍼부으시고
마지막엔 용서한다고 한마디만 하소서.

님께서 이러한 이치 속에서 오늘을 보내시면
부와 명예와 더불어 님의 영혼 또한
안정과 풍요를 누리게 되리이다.

님이시여,
아무리 어려우시더라도 뒷문만은 닫지 마소서.

최영배

# 우루과이 한 성당 벽에 쓰인 기도문

'하늘에 계신'이라고 하지 마라,
세상 일에만 빠져 있으면서.

'우리'라고 하지 마라,
너 혼자만 생각하며 살아가면서.

'아버지'라고 하지 마라,
아들딸로서 살지 않으면서.

'아버지의 이름이 거룩히 빛나시며'라고 하지 마라,
자기 이름만 빛내기 위해 안간힘을 쓰면서.

'아버지의 나라가 오시며'라고 하지 마라,
물질만능의 나라를 원하면서.

'아버지의 뜻이 하늘에서와 같이 땅에서도 이루어지소

서'라고 하지 마라,
　　네 뜻대로 되기를 기도하면서.


　'오늘 저희에게 일용할 양식을 주시고'라고 하지 마라,
　　가난한 이들을 본체만체하면서.


　'저희에게 잘못한 이를 저희가 용서하오니 저희 죄를
용서하시고'라고 하지 마라,
　　누구에겐가 아직도 앙심을 품고 있으면서.


　'저희를 유혹에 빠지지 않게 하시고'라고 하지 마라,
　　죄지을 기회를 찾아다니면서.


　'악에서 구하소서'라고 하지 마라,
　　악을 보고도 아무런 양심의 소리를 듣지 않으면서.


작자 미상

# 침묵 속에서

이제 열둘을 세면
우리 모두 침묵하자.
한번만 지구 위에 서서
어떤 언어로도 말하지 말자,
우리 단 일 초만이라도 멈추어,
팔도 움직이지 말자.

그렇게 하면 아주 색다른 순간이 될 것이다.
바쁜 움직임도 엔진소리도 정지한 가운데
갑자기 밀려온 이 이상한 상황에서
우리 모두는 하나가 되리라.

차가운 바다의 어부들도
더이상 고래를 해치지 않으리라.
소금을 모으는 인부는
더이상 자신의 상처 난 손을 바라보지 않아도 되리라.

전쟁을 준비하는 자들도,

가스 전쟁, 불 전쟁

생존자 없는 승리의 전장에서 돌아와,

깨끗한 옷을 입고,

그들의 형제들과 그늘 아래로 거닐며,

더이상 아무 짓도 하지 않으리라.


내가 바라는 것은

이 완벽한 정지 속에서

당황하지 말 것.

삶이란 바로 그러한 것,

나는 죽음을 실은 트럭을 원하지 않는다.


만일 우리가 우리의 삶을 어디론가 몰고 가는 것에

그토록 전념하지만 않는다면,

그래서 잠시만이라도 아무것도 안 할 수 있다면

어쩌면 거대한 침묵이

이 슬픔을 사라지게 할지도 모른다.

우리가 우리 자신을 결코 이해하지 못하는 이 슬픔

죽음으로 우리를 위협하는 이 슬픔을.
그리고 어쩌면 대지가 우리를 가르칠 수 있으리라.
모든 것이 죽은 것처럼 보이지만
나중에 다시 살아나는 것처럼.

이제 내가 열둘을 세리니
그대는 침묵하라, 그리고 나는 떠나리라.

파블로 네루다

# 지금은

지금은 습관에 저항하며

산에 오를 시간

지금은 횡포의 바람에 의해

거칠어진 자연을 새롭게 할 시간

지금은 희망의 기도를 시작할 시간

지금은 미래의 내 무덤을 위한 장미가 아니라

살아 있는 나에게 장미를 바칠 시간

펄떡거리는 내 심장을 돌보아야 할 시간

환희를 동경하는 내 심장에

장미를 바치며 격려해야 할 시간.

음자크헤 음불리

# 밭 한 뙈기 *

사람들은 참 아무것도 모른다
밭 한 뙈기
논 한 뙈기
그걸 모두
'내' 거라고 말한다.

이 세상
온 우주 모든 것이
한 사람의
'내' 것은 없다.

하느님도
'내' 거라고 하지 않으신다.
이 세상
모든 것은
모두의 것이다.

아기 종달새의 것도 되고
아기 까마귀의 것도 되고
다람쥐의 것도 되고
한 마리 메뚜기의 것도 되고

밭 한 뙈기
돌멩이 하나라도
그건 '내' 것이 아니다.
온 세상 모두의 것이다.

권정생

\*
표준어 표기는 '뙈기'지만
원작자의 표현을 존중해 '뙤기'로 표기해 재수록했다.

# 인디언들의 일곱 가지 성스러운 기도문

모든 것 이전에 있었고, 모든 물건과 사람과 장소를 가득 채우고 있는 위대한 정령이시여, 당신에게 울며 기도합니다. 머나먼 곳으로부터 우리의 깨어 있는 마음속으로 당신을 부릅니다.

공기 속 수분들에게 날개를 주고 자욱한 눈폭풍을 날려 보내며, 반짝이는 수정 이불로 대지를 덮어 그 깊은 고요로 모든 소리를 아름답게 만드는 북쪽의 위대한 정령이시여, 당신의 어린 자식들에게 살을 에는 눈보라를 견딜 힘을 주시고, 힘든 계절이 지나가고 따뜻한 대지가 깨어날 때 찾아오는 그 아름다움에 감사하게 하소서.

오른손에는 우리의 전 생애를, 왼손에는 하루하루의 기회를 들고서, 떠오르는 태양의 땅 동쪽에 계신 위대한 정령이시여, 우리가 받은 선물을 무시하지 않게 하시고, 게으름 속에 하루의 소망 또는 한 해의 희망을 잃지 않게 하소서.

따뜻한 자비의 숨결로 우리 가슴을 에워싼 얼음들을

녹이고, 그 향기로 머지않은 봄과 여름을 말해 주는 남쪽의 위대한 정령이시여, 우리 안의 두려움과 미움을 녹여 우리의 사랑을 진실하고 살아 있는 실체로 만들어 주소서. 진실로 강한 자는 부드러우며, 지혜로운 자는 마음이 넓고, 진정으로 용기 있는 자는 자비심 또한 갖고 있음을 우리가 깨닫게 하소서.

하늘로 치솟은 산들과 멀리 굽이치는 평원들을 가진, 태양이 지는 땅 서쪽에 계시는 위대한 정령이시여, 순수한 노력 뒤에 평화로움이 찾아오며, 오랜 수행을 한 삶 뒤에 바람 속에 펄럭이는 옷자락처럼 자유가 뒤따라옴을 알게 하소서. 끝이 처음보다 좋으며, 지는 태양의 영광이 헛되지 않음을 깨닫게 하소서.

낮에는 한없이 파랗고 밤의 계절에는 수많은 별들 속에 있는 하늘의 위대한 정령이시여, 당신이 무한히 크고 아름다우며 우리의 모든 지식을 뛰어넘을 정도로 거대한 존재임을 알게 하소서. 동시에 당신이 우리 머리 위, 눈꺼풀 바로 위에 있음을 깨닫게 하소서.

땅속에 숨겨진 자원을 주관하고 모든 광물의 주인이며 씨앗들을 싹 틔우는, 우리 발 아래 있는 어머니 대지의 위대한 정령이시여, 지금 이 순간 당신이 가진 자비로운 마음에 끝없이 감사하게 하소서.

우리의 가슴속 소망과 가장 깊은 갈망 속에서 불타오르고 있는, 우리의 영혼 속 위대한 정령이시여, 당신이 주신 이 생명의 위대함과 선함을 알게 하시고, 값으로 따질 수 없는 이 특별한 삶의 가치를 깨닫게 하소서.

테쿰세

## 오늘의 사랑

나는 한 그루 사과나무를 심겠다는 사람을
사랑하지 않습니다.

나는 한 그루 사과나무를 심었다는 사람을
사랑하지 않습니다.

나는 한 그루 사과나무를 심고 있는 사람을
사랑합니다.

나승인

# 두번째 유서

내 사랑하는 전우여, 받아 읽어주게.

친우여, 나를 아는 모든 나여

나를 모르는 모든 나여

부탁이 있네.

나를, 지금 이 순간의 나를 영원히 잊지 말아주게.

그리고 바라네.

그대들 소중한 추억의 서재에 간직하여주게.

뇌성 번개가 이 작은 육신을 태우고 꺾어버린다 해도

하늘이 나에게만 꺼져 내려온다고 해도

그대 소중한 추억에 간직된

나는 조금도 두렵지 않을 걸세.

그리고 만약 또 두려움이 남는다면

나는 나를 아주 영원히 버릴 걸세.

그대들이 아는, 그대 영역의 일부인 나

그대들의 앉은 좌석에 보이지 않게 참석했어.

미안하네. 용서하게.

테이블 중간에 나의 좌석을 마련하여주게.

원섭이와 재철이 중간이면 더욱 좋겠네.

좌석을 마련했으면 내 말을 들어주게.

그대들이 아는, 그대들의 전체의 일부인 나

힘에 겨워 힘에 겨워 굴리다 다 못 굴린

그리고 또 굴려야 할 덩이를

나의 나인 그대들에게 맡긴 채

잠시 다니러 간다네 잠시 쉬러 간다네.

어쩌면 반지의 무게와 총칼의 질타에

구애되지 않을지도 모르는, 않기를 바라는

이 순간 이후의 세계에서

내 생애 다 못 굴린 덩이를,

덩이를 목적지까지 굴리려 하네.

이 순간 이후의 세계에서

또다시 추방을 당한다 하더라도

굴리는데, 굴리는데

도울 수만 있다면 이룰 수만 있다면.

전태일

151

# 오체투지의 길을 떠나며

세상에서 가장 낮은 자세로, 이 땅의 품에 안기고자 합니다.

세상에서 가장 낮은 자세로, 생명의 근원으로 돌아가고자 합니다.

온 숨을 땅에 바치고, 땅이 베풀어 주는 기운으로만 기어서 가고자 합니다.

그리하여 나의 '오체투지'가 온전히 생명과 평화의 노래가 되었으면 좋겠습니다.


사람이 서서 걷기 시작하면서 '문명'이 시작되었습니다.

눈으로는 더 넓게 더 멀리 세상을 볼 수 있게 되었고,

손으로는 원하는 모든 것을 가질 수 있게 되었습니다.

하지만 나는 그것과 반대로 무릎을 굽히고, 팔꿈치를 꺾고, 머리를 숙여 온몸을 땅에 붙이고 기어서 가고자 합니다.

그리하여 나의 '오체투지'가 생명의 바다를 평화로이

떠다니는 일이 되었으면 좋겠습니다.


'오체투지'는 인간다움의 표상인 '직립'에 반하는 일입니다.

직립은 인간을 다른 동물과 구별 짓게 했고 인간들 스스로 '만물의 영장'이라고 부르게 했습니다.

하지만 인간은 '만물의 폭군'이기도 합니다.

인류의 역사가 그것을 증언합니다.

인간에게 가장 위협적인 생명체도 '인간'입니다.

'인간은 만물의 영장'이라는 말 속에는 '지구상에서 가장 모순된 생명체'라는 의미도 숨겨져 있습니다.

'생명의 질서'를 거스르는 유일한 생명체가 인간입니다.

그리하여 나는 인간의 걸음에 반하는 '오체투지'에서 '사람의 길'을 찾으려 합니다.


'사람의 길'이라는 것이 과연 무엇일까요?

만물을 지배하는 데서 '사람다움'을 찾으려 한다면,

인간의 폭력성을 승인하지 않을 수 없습니다.

그것으로 인간의 위대성을 인정받으려 한다면 유사 이래 인간이 저지른 무수한 폭력과 전쟁에 정당성을 부여

하는 것이나 다름없습니다.

사람의 사람다움은 '생명의 실상'을 통찰하는 데서 찾아야 합니다.

부처님께서 깨달으신 바도 '생명의 실상'입니다.

이것이 있음으로써 저것이 있고 저것이 있음으로써 이것이 존재할 수 있는 만유의 실상을 통찰하신 것입니다.

그것이 바로 연기緣起와 공空입니다.

아무것도 없어서 '공'이 아니라 고정된 실체로서 존재하는 것이 없기 때문에 '공'입니다.

나는 '땅'과 '물'과 '태양' 그리고 '바람'으로부터 비롯되었습니다.

그리하여 나와 만물은 '한몸'입니다.

수경

# 다른 사람을 생각하라

아침 식사를 준비할 때 다른 사람을 생각하라.

(비둘기 먹이도 잊지 말고)

전쟁에 참여할 때 다른 사람을 생각하라.

(평화를 추구하는 사람들을 잊지 말라)

수도 요금을 낼 때 다른 사람을 생각하라.

(구름의 보살핌을 받는 사람들이 있다)

집으로, 당신 집으로 돌아갈 때 다른 사람을 생각하라.

(난민 캠프에 있는 사람을 잊지 말라)

별을 셀 때, 잠을 잘 때 다른 사람을 생각하라.

(잠잘 곳이 없는 사람들이 있다)

은유로 자신을 자유롭게 할 때 다른 사람을 생각하라.

(말할 권리를 빼앗긴 사람들이 있다)

멀리 있는 사람들을 생각하듯 자기 자신을 생각하라.

(말해보라, "내가 어둠 속 한 자루 촛불이었다면?")

팔레스타인 지지 프로젝트

시집을 엮으며

## 첫 기도, 최근의 기도, 오래된 기도

기도와 시는 '간절함'의 혈연이다.

### 1

어렸을 때 나도 많이 빌었다. 아버지가 회초리를 들지 않게 해달라고, 개학을 하루만 미뤄달라고, 손목시계를 차게 해달라고, 내 안타까움이 말이 되어 그에게 전해지게 해달라고…… 많이도 빌었다. 당시에는 밤잠을 설칠 정도로 절실했지만 20대에 접어들면서 다 잊어버렸다. 기도 이전의 단순한 바람, 철부지의 욕심이었기 때문이다. 어린 시절 '첫 기도'는 오래가지 못한다.

내게는 '첫 기도'라는 말도 어색하게 들리지만, '마지막 기도'라는 표현도 자연스럽게 다가오지 않는다. 유언이

나 묘비명 혹은 중환자의 병상 일기가 마지막 기도 중 하나일 텐데, 나는 아직 경험해보지 못해서 함부로 입을 열지 못한다. 대신 오래전에 올린 기도가 무엇이냐고 물으면 답할 수 있다. 아내가 첫 아이를 낳을 때 분만실 앞에서 나도 모르게 두 손을 가슴 앞에 모았다. 아내와 아이가 무사하기를 빌었다. 온 우주가 축복해주기를 바랐다.

오래전에 올린 기도가 얼마나 많으랴. 삶이 굽이칠 때마다, 삶이 굽이를 돌아나올 때마다 젖은 눈으로 하늘을 우러렀다. 하지만 대부분의 간구와 고백이 시간의 풍화작용을 이겨내지 못하고 사라졌다(그래서 다행인지도 모른다). 돌아보면, 지나온 삶에 잊어버린 기도와 새로운 기도가 징검다리처럼 놓여 있다. 그러니 삶의 시간은 두 가지다. 기도하는 시간과 기도하지 않는 시간.

## 2

'오래된 기도'가 있다. 오래전에 한 기도가 아니고, 오늘 새로 올리는 기도도 아닌, 오래전부터 붙잡고 있는 기도. 실존과 동행하는 기도 말이다. 나는 오래된 기도가 진정한 기도라고 생각한다. 오래된 기도는 본질적으로 종교색이 짙지만, 종교 못지않게 시와도 깊은 연관이 있다.

좋은 기도는 좋은 시에 가깝고, 좋은 시는 좋은 기도에 가깝다. 내가 보기에, 기도하는 마음과 시를 읽고 쓰게 하는 마음은 서로 다르지 않다. 기도와 시는 혈연이다.

기도문과 기도를 주제로 한 시를 한자리에 모아보자는 아이디어가 떠오른 것은 꽤 오래전 일이다. 이 시집을 기획하기 전에 기도에 관한 시를 제법 썼는데 의도한 것은 아니었다. 종교를 가진 것도 아니고 신학이나 불교 사상에 심취한 것도 아니었다. 하늘을 우러르는 시가 내 삶의 안쪽에서 우러나왔다. 예기치 못한 불행이 닥치자 나도 모르게 튀어나왔다.

둘째가 태어났을 때 뭔가 심상치 않았다. 두 돌, 세 돌이 지났는데도 아이가 일어서지 못하는 것이었다. 대학병원에서도 원인을 찾지 못했다. 용하다는 곳은 다 찾아다녔지만 허사였다. 도무지 납득할 수가 없었다. 또래 아이들이 걷는 것을 보기만 해도 눈물이 솟았다. 몸이 불편한 사람들을 보면 코끝이 시큰거렸다. 도심 한복판을 걷다가도 눈가를 훔쳤다. 하늘을 향해 잘못했다고, 내 아이가 걷게 해달라고 빌었다.

그 무렵, 시내를 걷나가 사찰이 보이기에 무작정 들어간 적이 있다. 그때 얼마나 당황했는지. 내가 기도하는 법

을 모른다는 사실을 깨닫지 못한 채 대웅전으로 들어선
것이다. 어디를 향해 어떻게 예를 갖춰야 하는지 몰라 한
동안 두리번거릴 수밖에 없었다. 더 곤혹스러웠던 것은
기도가 이어지지 않는다는 것이었다. 나는 끊임없이 조
건을 달고 있었다. '이렇게 해주시면 내가 이렇게 하겠습
니다……' 그러다가 '왜 나만, 왜 내가 구원을 받아야 하
는가'라는 질문이 솟구쳤다. 난감했다. 나는 나 혼자가 아
니었다. 구원은 나 혼자만의 문제가 아니었다. 가족과 이
웃이, 사회가, 시대가, 인류가, 천지자연이 안녕해야 비로
소 내가 안녕할 수 있었다. 결국 나는 기도를 마무리하지
못하고 법당을 빠져나왔다. 그로부터 얼마 후, 소설가 선
배가 '화살기도'를 권유하지 않았다면 나는 삼십여 년 전,
기도와 결별했을 것이다(둘째는 다섯 살 때 일어나 걷기 시
작했다).

### 3

　좋은 시와 기도의 공통분모는 무엇인가. '타인의 마음
을 자신의 것으로 받아들여라'라는 황금률이 기도와 시
를 혈연이게 하는 핵심이라고 나는 생각한다. 모든 종교
가 타인의 처지를 헤아리는 마음가짐을 가져야 한다고

권고한다. 불교는 중생의 고통을 자신의 고통으로 삼는 자비심을 가지라 말하고, 유교는 내가 하기 싫어하는 것을 남에게 강요하지 말라고 하며, 기독교는 내가 대접받고 싶은 만큼 타인을 대접하라 이른다.

이천 년 전 유대인 랍비 힐렐이 "내가 나 자신만을 위한다면 나는 무엇이 되겠는가"라고 되물었듯이 자신만을 위한다면 결코 의미 있는 삶의 주인이 될 수 없다. 기도는 나에게서 시작하지만 결국 남을 위한 기도로 확대된다. 우리는 그 누구도 혼자, 외따로 존재할 수 없기 때문이다. 굳이 화엄 사상을 인용하지 않더라도 우리는 우주적 네트워크의 소산이자 그 작용으로 실존한다. 우리는 저마다 우주라는 거대하고도 정교한 그물의 '그물코'다. 서로 연결되어 영향을 주고받는 동시에 저마다 중심인 그물코. 하지만 이 엄연한 사실을 우리는 자주 잊는다.

시는 말할 것도 없다. 모든 시에는 대상이 있거니와, 시의 대상은 그 자체로 성립되지 않는다. 하나의 대상이 다른 대상과 만날 때 시의 의미가 탄생한다. 비유와 은유, 상징, 알레고리가 다 그렇다. '이것'이 '저것'과 만나야, 다시 말해 서로 관계를 형성하지 않으면 시가 되기 어렵다.

라이너 쿤체의 기도 같은 시 「은銀엉겅퀴」를 다시 읽어
보자.

　　뒤로 물러서 있기
　　땅에 몸을 대고

　　남에게
　　그림자 드리우지 않기

　　남들의 그림자 속에서
　　빛나기


　뒤로 물러서되 "땅에 몸을 대"자, 타인에게 고통을 주
지 말자는 각오는 '나'를 위한 기도 수준에 머문다. 하지
만 뒤로 물러서기란, 뒤로 물러서 '있기'란 말처럼 쉬운
일이 아니다. 땅으로 돌아가자는 다짐도 실행에 옮기기
가 만만치 않다. 이때의 땅은 천지자연일 터. 도시적 삶
에 길들여진 우리에게 땅은 낯설거나 불편한, 심지어 두
려운 그 무엇이다. 더욱 놀라운 것은 타인의 "그림자 속
에서 빛나"겠다는 것이다. 인류의 스승들이 일러준 황금

률을 이토록 간명하고도 깊이 있게 표현한 시를 나는 본 적이 거의 없다. 내가 다른 지면에서 소개했듯이, 이 시는 종결어미를 바꾸면 평생 붙잡아야 할 기도문으로 변주된다. '남들의 그림자 안에서 내가 빛나게 하소서'

황금률을 기준으로 시를 간추렸지만, 이번 시집에 '이걸 기도라고 할 수 있나' 하고 고개를 갸웃거리게 하는 시가 있을 수 있다. 김사인의 「공부」, 이영광의 「휴식」, 장석남의 「나의 유산은」, 조은의 「동질」, 이홍섭의 「절」, 이산하의 「찢어진 고무신」 등 한국 시인의 작품들이 그러할 텐데, 형식 측면에서는 기도문과 거리가 있을 수 있지만 그 바탕에 깔려 있는 '시의 마음'은 기도하는 마음과 크게 다르지 않으리라 생각한다. 동시대 한국 시를 동서고금의 기도문과 함께 읽으면 그 시들에 녹아든 깊고 넓고 높은 '기도의 마음'과 만날 수 있을 것이다.

### 4

독자가 자기 안에서 황금률을 발견하고, 그것이 피부 밖으로 나아갈 수 있도록 촉진하는 것, 그리하여 이전과 다른 삶을 상상할 수 있도록 조금이나마 도움을 주는 것. 이것이 기도문과 시를 한자리에 모은 근본적인 목적이

다. 종교 간의 벽을 낮추는 데도 이바지할 수 있을지 모른
다는 기대를 하기도 했다. 중세 가톨릭 성직자의 기도와
북미 원주민의 소망, 그리고 우리 시대를 함께 살아가는
스님의 간절함이 서로 다르지 않다는 사실을 깨닫기만
해도 이번 시집은 제 몫을 하는 것이라고 생각한다.

　욕심을 조금 더 부려도 된다면, 여기에 실린 기도문과
시가 '사회적 영성'에 관한 관심을 북돋는 하나의 계기가
되었으면 한다. 영성이란 단어는 곧바로 특정 종교를 환
기시킨다. 그래서 종교적 맥락을 벗어난 자리에서 영성
이란 말을 쓰려면 앞뒤에 많은 설명이 필요하다. 나는 이
시집이 종교를 가진 독자에게는 자신의 신앙을 더욱 성
숙하게 하는 계기가 되고, 종교가 없는 독자에게는 영성
의 필요성을 인식하는 전환점이 되었으면 한다.

　그렇다고 종교적 영성과 사회적 영성을 엄격하게 구분
할 필요는 없다. 한국 사회를 '사회 없는 사회'라고 규정
하는 신학자 정경일 교수에 따르면, 사회적 영성은 종교
를 배제하지 않고, 또 종교에 갇히지도 않는다. 사회적 영
성은 "종교적으로는 종교에서 비롯된 자비, 사랑, 환대,
돌봄의 정신을 회복"해 건강한 공동체를 건설하는 것이
고, "탈종교적으로는 위와 같은 정신을 실현하려는 시민

의 노력을 영성 차원에서 이해하는 것"이다. 종교인과 비종교인이 함께 사회적 영성을 추구한다면 시너지 효과가 나타날 것이다. 종교인은 더욱 종교인다워지고, 비종교인 또한 '깨어 있는 시민'으로 거듭나는 것이다. 이번 시집에 사회적 영성을 직접 드러내는 시가 그리 많지 않지만, 기도문이든 시든 깊이 읽다 보면 그 안에서 사회적 영성의 뿌리를 발견할 수 있으리라 기대한다.

## 5

'방황하지 않는 자는 길을 잃는다'는 말이 있다. 나는 '기도하지 않는 자는 길을 잃는다'라고 바꿔 읽고 싶다. 아니 기도하지 않는 자는 길이 있는지조차 모른다고 말하고 싶다. 그렇다면 누가 기도하지 않는가. 권력, 부, 명예, 건강 등 뭔가를 남들보다 많이 가진 자들은 기도하지 않는다. 세 가지 독, 즉 탐욕과 성냄, 어리석음에서 벗어나지 못한 자(사회, 시대, 문명도 포함된다)가 기도하지 않는다.

인도의 철학자이자 정치가였던 라다크리슈난이 지적했듯이 조금 아는 자들은 오만하고, 조금 더 아는 자들은 질문한다. 많이 그리고 깊고 넓게 아는 자, 즉 고뇌하는 자가 기도한다. 타인의 고통에 민감한 자가 기도한다. 지금과 다른 삶, 지금보다 나은 세상을 꿈꾸는 자가 기도한다. 간절한 그 무엇이 있는 자, 고마움과 미안함을 동시에 느끼는 자가 기도한다. 나의 행복이 타인으로부터, 세상으로부터 온다는, 본질적으로는 천지자연으로부터 비롯된다는 엄연한 사실을 아는 자가 기도한다.

나는 여기에 묶인 기도문과 시가 독자 여러분에 의해 새롭게 태어나길 희망한다. 독자로 하여금 시를 이어 쓰게 하는 시가 좋은 시다. 시를 읽고 이어 써보시라. 한 단어, 한 구절도 좋다. 시를 불씨 삼아 자신의 이야기를 이어가보시라. 시를 이어 쓸 수 있다면, 그 순간, 당신은 독자가 아니라 시인이다. 기도도 마찬가지다. 기도문을 읽다가 자신의 기도 한 줄이 떠오른다면, 그리고 그것을 이어갈 수 있다면 '내 안에 있는, 나보다 나를 더 잘 아는 신'의 목소리를 들은 것이다. 그리고 그것을 이웃과 함께 할 수 있다면 그때 기도는 단순한 기원을 넘어 수행과 실천의 수준, 즉 사회적 영성 차원으로 올라간 것이라고 봐도 무방할 것이다.

마지막으로, 실천적 신학자 아브라함 요수아 헤셸이 지난 세기 중반에 남긴 메시지를 여기에 옮기며 엮은이의 말을 마치고자 한다.

"우리는 구원받기 위해 기도하는 것이 아니다. 우리는 기도함으로써 우리 자신이 구원받을 만한 가치가 있는 사람이 되려는 것이다."

## 출처

출처에는 해당 작품이 시작되는 쪽수를 밝히되,
일부를 발췌한 경우에는 발췌문이 실린 쪽을 기재하였습니다.

저자명과 시 제목을 출처와 다르게 고쳐 재수록한 경우,
변경된 표기를 팔호 안에 넣어 나타냈습니다.

＊ **헨리 나우웬, 윤종석 옮김**「학생들의 기도(나는 소망합니다)」,『친밀함』, 두란노서원, 2011년, 71쪽

＊ **강은교**「그 꽃의 기도」,『꽃을 끌고』, 열림원, 2022년, 130쪽

＊ **라이너 쿤체, 전영애, 박세인 옮김**「은銀엉겅퀴」,『은엉겅퀴』, 봄날의 책, 2022년, 25쪽

＊ **이채**「마음을 다스리는 기도」,『마음이 아름다우니 세상이 아름다워라』, 행복에너지, 2014년, 78쪽

＊ **류시화**「저녁기도」,『꽃샘바람에 흔들린다면 너는 꽃』, 수오서재, 2022년, 78쪽

＊ **나희덕**「해질녘의 노래」,『그 말이 잎을 물들였다』, 창작과비평사(창비), 1994년, 80쪽

＊ **정채봉**「기도와 응답」,『나』, 샘터, 1991년, 230쪽

＊ **노란 종달새(수우족), 류시화 엮음**「인디언 기도문(인디언 추장의 기도)」,『지금 알고 있는 걸 그때도 알았더라면』, 열림원, 1998년, 56쪽

＊ **이정록**「씨앗의 기도」,『지구의 맛』, 한겨레아이들, 2016년, 96쪽

＊ **키에르케고르(키르케고르), 페리 D. 르페브르 엮음, 이창승 옮김**「우리의 기도가」,「계속 기도하겠습니다」,「주님에 대한 생각」,『키에르케고르의 기도』, 기독교연합신문사, 2004년, 74~76쪽

＊ **이문재**「오래된 기도」,『지금 여기가 맨 앞』, 문학동네, 2014년, 14쪽

＊ **이순자**「신년의 기도」,『꿈이 다시 나를 찾아와 불러줄 때까지』, 휴머니스트, 2022년, 189쪽

＊ **이해인**「일상: 오늘을 위한 기도(오늘을 위한 기도)」,『사계절의 기도』, 분도출판사, 2007년, 245쪽

＊ **김현승**「가을의 기도」,『가을의 기도』, 시인생각, 2013년, 13쪽

＊  **작자 미상, 류시화 엮음** 「어느 17세기 수녀의 기도」, 『지금 알고 있는 걸 그때도 알았더라면』, 열림원, 1998년, 14쪽

＊  **안도현** 「봄날, 사랑의 기도」, 『그대에게 가고 싶다』, 푸른숲, 2002년, 93쪽

＊  **마종기** 「겨울 기도 1」, 『그 나라 하늘빛』, 문학과지성사, 1991년, 65쪽

＊  **이홍섭** 「절」, 『숨결』, 현대문학북스, 2002년, 20쪽

＊  **라빈드라나트 타고르, 류시화 옮김** 「기도」, 『사랑하라 한번도 상처받지 않은 것처럼』, 오래된미래, 2005년, 20쪽

＊  **서정윤** 「기도의 편지」, 『홀로서기: 서정윤 시선집』, 문학수첩, 2002년, 60쪽

＊  **이병률** 「이 넉넉한 쓸쓸함」, 『바다는 잘 있습니다』, 문학과지성사, 2017년, 104쪽

＊  **오리아 마운틴 드리머, 류시화 엮음** 「초대」, 『사랑하라 한번도 상처받지 않은 것처럼』, 오래된미래, 2005년, 11쪽

＊  **정호승** 「수선화에게」, 『외로우니까 사람이다』, 창비, 2021년, 40쪽

＊  **복효근** 「위태로움을 위한 기도」, 『마늘촛불』, 애지, 2009년, 50쪽

＊  **김지향** 「마음이 답답한 자여」, 『김지향시전집』, 양문각, 1998년, 265쪽

＊  **강국주** 〈내가 '쌀 판촉활동'에 나선 사연〉, 《녹색평론》 11-12월호 제91호, 녹색평론, 2006년, 138쪽

    ∟ 위 기사에 인용된 이진경 시인의 「기도」를 재수록했다.

＊  **김사인** 「공부」, 『어린 당나귀 곁에서』, 창비, 2015년, 118쪽

＊  **장석남** 「나의 유산은」, 『고요는 도망가지 말아라』, 2012년, 25쪽

＊  **루디야드 키플링(러디어드 키플링), 류시화 옮김** 「천 사람 중의 한 사

람」,『사랑하라 한번도 상처받지 않은 것처럼』, 오래된미래, 2005년, 46쪽

＊ **헬렌 니어링, 이석태 옮김** 「자유로운 영혼 헬렌(신이 당신을 필요로 하듯이)」,『아름다운 삶, 사랑 그리고 마무리』, 보리, 2022년, 46~47쪽

  └. 위 도서에 인용된 월트 휘트먼의『풀잎』서문을 발췌해 재수록했다.

＊ **박준** 「기도에게」,『계절 산문』, 달, 2021년, 154쪽

＊ **류근** 「지금 아픈 사람」,『어떻게든 이별』, 문학과지성사, 2016년, 50쪽

＊ **조은** 「동질 同質」,『생의 빛살』, 문학과지성사, 2010년, 104쪽

＊ **게리 메이어즈(게리 메이어스), 조만제 엮음, 송용구 해설** 「어버이의 기도」,『어머니의 기도』, 생명의말씀사, 2003년, 38쪽

＊ **김시천** 「아이들을 위한 기도」,『청풍에 살던 나무』, 제3문학사, 1990년, 13쪽

＊ **레이첼 필드(레이철 필드), 공경희 옮김** 「어린이를 위한 기도」,『어린이를 위한 기도』, 미래사, 2008년

＊ **도종환** 「스승의 기도」,『접시꽃 당신』, 실천문학사, 2011년, 124쪽

＊ **틱낫한, 이현주 옮김** 「화해―연습 다섯」,『틱낫한 기도의 힘』, 불광출판사, 2016년, 180쪽

＊ **헬렌 니어링, 이석태 옮김** 「황혼과 저녁별(우리가 죽음이라고 부르는 것)」,『아름다운 삶, 사랑 그리고 마무리』, 보리, 2022년, 243쪽

  └. 위 도서에 인용된 우화를 발췌해 재수록했다.

＊ **원성** 「나를 떠난 인연에게」,『마음』, 화니북스, 2003년, 89쪽

＊ **이영광** 「휴식」,『그늘과 사귀다』, 걷는사람, 2019년, 10쪽

＊ **아이라 바이옥, 곽명단 옮김** 「작별인사(저는 원래 천국 사람이었습니다)」,『세상에서 가장 중요한 4가지 말』, 물푸레, 2006년, 227쪽

＊ **하덕규** 〈가시나무〉, 시인과 촌장 3집 《숲》, 1988년 (KOMCA 승인필)

＊ **이산하** 「찢어진 고무신」, 『악의 평범성』, 창비, 2021년, 52쪽

＊ **고현혜** 「결혼」, 『나는 나의 어머니가 되어』, 푸른사상, 2015년, 45쪽

＊ **김후란, 오세영, 맹문재 엮음** 「둘이서 하나이 되어—결혼 축시」, 『김후란 시 전집』, 푸른사상, 2015년, 254쪽

＊ **토머스 켄, 황민혁 옮김** 「문을 위한 기도」, 『그리운 하나님』, 이야기books, 2020년, 54쪽

＊ **최영배** 「단상 2—뒷문을 열어놓으십시오. 앞문으로 새로운 바람이 들어올 것입니다.」, 『들꽃처럼 살으리라』, 아트블루, 2011년, 4쪽

＊ **권정생** 「밭 한 뙈기」, 『어머니 사시는 그 나라에는』, 지식산업사, 1996년, 44쪽

＊ **시애틀 외, 류시화 옮김** 「대지가 존재하는 한」, 『나는 왜 너가 아니고 나인가』, 더숲, 2017년, 233쪽

＊＊＊

## 마더 테레사의 기도법

　└, 테레사 수녀의 기도에 관한 가르침이 담긴 일화를 편집해 수록했다.

## 소방관의 기도

　└, 미국의 소방관 앨빈 윌리엄 '스모키' 린이 1958년에 쓴 시로, 미8군 소방본부 김광환 전 본부장이 번역한 것을 수록했다.

## 두번째 유서

　└, 전태일 열사가 1970년 4월에 작성한 두번째 유서를 편집해 재수록했다.

## 오체투지의 길을 떠나며

　└, '사람의 길, 생명의 길, 평화의 길'이 열리길 염원하는 '오체투지'는 세 분의 성직자(수경 스님, 문규현·전종훈 신부)가 선두가 되어 지리산에서 임진각까지 2008년 9~11월, 2009년 3~6월 두 차례에 걸쳐 진행됐다.

# 당신의 그림자 안에서 빛나게 하소서

| | |
|---|---|
| 1판 1쇄 | 2024년 07월 03일 |
| 1판 4쇄 | 2024년 10월 21일 |

| | |
|---|---|
| **엮은이** | 이문재 |
| **사진** | 이병률 |

| | |
|---|---|
| **편집** | 변규미 오예림 서병수 |
| **디자인** | 조아름 |
| **마케팅** | 김도윤 김예은 |
| **브랜딩** | 함유지 함근아 박민재 김희숙 이송이 |
| | 박다솔 조다현 정승민 배진성 이서진 |
| **제작** | 강신은 김동욱 이순호 |

| | |
|---|---|
| **펴낸이** | 이병률 |
| **펴낸곳** | 달 출판사 |
| **출판등록** | 2009년 5월 26일 제4406-2009-000034호 |
| **주소** | 10881 경기도 파주시 회동길 455-3 |
| **이메일** | dal@munhak.com |
| **SNS** | dalpublishers |
| **전화번호** | 031-8071-8683(편집) 031-8071-8681(마케팅) |
| **팩스** | 031-8071-8672 |

| | |
|---|---|
| **ISBN** | 979-11-5816-181-1(03810) |